中华国学经典必读书系

寓言故事

余志慧 编写

时代出版传媒股份有限公司
安徽少年儿童出版社

图书在版编目（CIP）数据

寓言故事 / 余志慧编写. — 合肥：安徽少年儿童
出版社，2016.4（2022.1重印）
（中华国学经典必读书系）
ISBN 978-7-5397-7213-4

Ⅰ.①寓… Ⅱ.①余… Ⅲ.①寓言－作品集－世界
Ⅳ.①I17

中国版本图书馆CIP数据核字（2014）第284299号

ZHONGHUA GUOXUE JINGDIAN BIDU SHUXI YUYAN GUSHI

中华国学经典必读书系·寓言故事　　　　　　余志慧/编写

出版人：张　堃	责任编辑：张春艳　黄　馨
图文制作：新视线文化　　责任印制：郭　玲	特约校对：李婷婷

出版发行：时代出版传媒股份有限公司　http://www.press-mart.com
　　　　　安徽少年儿童出版社　E-mail:ahse1984@163.com
　　　　　新浪官方微博：http://weibo.com/ahsecbs
　　　　　（安徽省合肥市翡翠路1118号出版传媒广场　　邮政编码：230071）
　　　　　出版部电话：（0551）63533536（办公室）　　63533533（传真）
　　　　　（如发现印装质量问题，影响阅读，请与本社出版部联系调换）

印　　制：合肥杏花印务股份有限公司
开　　本：635 mm × 900 mm　　　　　　1/16　　　　　　印张：15
版　　次：2016年4月第1版　　　　　2022年1月第3次印刷

ISBN 978-7-5397-7213-4　　　　　　　　　　　　　　定价：35.00元

目 录

扁鹊施换心术

扁鹊是战国时期有名的神医。扁鹊云游各国，为君侯看病，也为百姓除疾，名扬天下。他总结前人的经验，开创了"望、闻、问、切"四诊法，为中华民族的医学发展做出了巨大贡献。

有一年，鲁国的公扈（hù）和赵国的齐婴两人同时生病了，他们一道去请神医扁鹊为其诊治。在扁鹊的精心调理之下，他俩的病没用多长时间就痊愈了。两人准备回家时，扁鹊却对他们说："你们这次所求治的病，只是病症从体外侵入到体内的五脏六腑所致，因此只需用药物和针灸治疗便能治好。但是，从我这些天对你们的观察发现，你们除了身体上的这点小病之外，身上还潜伏着一种更严重的病，那是从娘胎里带出来，并随同你们身体的发育而一道生长的。这种病很危险，我愿意再给你们治一下，怎么样？"

公扈和齐婴惊诧不已，于是问道："您能跟我们具体说说这是一种什么病吗？"

扁鹊看看两人，先对公扈说："你有远大的抱负，又善于思考问题，遇事总能想到很多办法，但遗憾的是气质较为柔弱，在关键时刻往往优柔寡断，犹豫不决，错失良机。"公扈听完，频频点头称是。接着，他又转向齐婴，说："那么你呢？则正好与公扈相反。你对将来缺乏长远的打算，思想比较简单，然而气质却很刚强，为人处世少用心计，却喜欢独断专行。"听完这席话，齐婴也不得不信服扁鹊了。最后，扁鹊又对他俩说道："不过你们不用担心，我可以将你们的心互换一下，这样你们就都可以变得完美无缺了。"

公扈和齐婴早已对扁鹊佩服得五体投地，他们急切地请求扁鹊尽快给他们实施换心手术。于是，扁鹊让他们分别喝下一种能让人昏迷三天的麻醉药酒。在这三天里，扁鹊将二人的胸腔打开，取出心来，交换安放。手术完毕之后，他又在伤口处敷上神药，等他们苏醒过来后，仍如术前一样健康强壮。他们一同辞谢了扁鹊之后，就各自回家了。

可是，他们的心互换以后，记忆也随着心换了。结果公扈就回到了齐婴的家，而齐婴则回到了公扈的家。两家的家人都不认识他们了，于是都发生了争吵。公扈和齐婴没有办法，只好又去请扁鹊来跟自己的家人解释。扁鹊把事情的原委告诉了两家的家人，这样才使争吵得以平息。

启　示

　　这则寓言借用神医扁鹊的名义，用换心术来打比方，说明每个人都有各自的长处和短处。一个人只要善于取他人之长，补自己之短，他就会逐渐趋向完美。

蔡邕救琴

　　蔡邕（yōng）是东汉灵帝时的一位大臣。蔡邕博学多识，擅长辞章，是有名的辞赋家、书法家，并精通音律，弹得一手好琴。蔡邕为人正直，性格耿直、诚实，眼里容不下沙子，对于一些不好的现象，他总是敢于向汉灵帝直言相谏，结果得罪了朝中奸臣，并被他们的谗言所害，最后落到逃跑、隐居的境地。

　　蔡邕从小便爱好音乐，通晓音律，别人在弹奏中即使有一点小小的差错，也逃不过他的耳朵。蔡邕最擅长的是弹琴，而且他对琴也很有研究，关于琴的选材、制作、调音，他都有一套精辟独到的见解。从京城逃出来的时候，他宁愿舍弃很多财物，也舍不得丢下那把心爱的琴。尽管家人不理解，他还是坚持带着琴出逃了。蔡邕对待这把琴如同对待亲生孩子一样，时时细加呵护，生怕它受一点损伤。

　　在隐居的那些日子里，蔡邕多亏有琴相伴才过得下去。他常常独自抚琴，借用琴声来抒发自己忠心耿耿反遭迫害的悲愤，感叹自己壮志难酬、前途渺茫。

　　有一天，蔡邕正坐在房里抚琴长叹，女房东在隔壁的灶

间烧火做饭，她刚将一块木柴塞进灶膛，就见灶膛里火星乱迸，木柴被烧得噼里啪啦直响。

蔡邕听到隔壁传来一阵清脆的爆裂声，不由得心中一惊，他凝神细细听了几秒钟，大叫一声"不好"，跳起来就往灶间跑。以他对琴的了解和制琴的高超技艺，从这爆裂声中就已听出这不是一块普通的木头，而是做琴的好料。蔡邕一边喊着"快别烧了，快别烧了"，一边急速冲到炉火边，顾不得烧得正旺的火，就把手伸进烧得通红的灶膛，硬是把那块木头拽了出

来。他看着已经烧了一小截的木头，无比可惜地说："这可是一块难得一见的做琴好料啊！"手被烧伤了，他也不觉得疼，捧着木头又吹又摸，像是意外获得了无价之宝。好在抢救及时，木头还能利用。蔡邕将这块木头买了下来，然后精雕细刻，一丝不苟，费尽心血，终于用这块木头做成了一把琴。这把琴弹奏起来，音色美妙绝伦，盖世无双。

后来，这把琴流传了下来，成了世间罕有的珍宝，因为它的琴尾仍有烧焦的痕迹，所以人们叫它"焦尾琴"。

启　示

这则寓言告诉我们，美好的东西得有识货的真人，这个人不仅要有"心"，更要有"识"，能发现一般人发现不了的特色；还要有"胆"，敢为抢救、保护美好的事物而勇往直前。

孙亮断案

　　一次，孙亮想吃梅子，就吩咐黄门官去库房把浸着蜂蜜的蜜汁梅取来。这个黄门官心术不正、心胸狭窄，是个喜欢记仇的小人。他和掌管库房的库吏素有嫌隙，这一次，可让他逮到机会了。他从库吏那里取了蜜汁梅后，悄悄找了几颗老鼠屎放了进去，然后才拿去给孙亮。

　　不出他所料，孙亮没吃几口就发现蜂蜜里面有老鼠屎，十分生气。心怀鬼胎的黄门官忙跪下奏道："库吏一向不忠于职守，常常游手好闲，四处闲逛，一定是他渎职才使老鼠屎掉进了蜂蜜里，既败坏陛下的雅兴又有损您的健康，实在是罪不容恕，请治他的罪，好好教训教训他！"

　　孙亮马上将库吏招来审问，而此时库吏早就吓得脸色惨白，他磕头如捣蒜，结结巴巴地回答："是……是的，但是我给他……的时候，里面……里面肯定没有老鼠屎。"

　　黄门官抢着说："你撒谎，要不是你玩忽职守让老鼠跑进了库房，蜂蜜里怎么会出现老鼠屎。现在陛下吃出了老鼠屎，你不仅不认错还狡辩，简直就是没把陛下看在眼里。"

　　库吏不服，坚持说自己没有把有老鼠屎的梅子交给黄门

官。两人争执不下，孙亮一时不知道该信谁的好。

侍中官刁玄和张邠（bīn）出主意说："既然两人争不出个结果，分不清到底是谁的罪责，不如把他们都关押起来，一起治罪。"

孙亮见二人各执己见，争论不休，沉思片刻后，微微一笑，制止了他们的争论，说："这很容易弄清。"

于是，他命人以利刃将鼠粪当众剖开，孙亮将鼠粪仔细观察了一番，"啪"地一拍桌案，怒斥黄门官道："大胆黄门官，鼠粪若早在蜜中，一定内外浸湿；如今外湿内干，显然是你为陷害库吏刚放进去的！"说罢，命人将黄门官押下去。

这时的黄门官早吓昏了头，跪在地上如实交代了陷害库吏、欺君罔上的罪行。

启　示

孙亮非常聪明，通过细致、深入的观察和分析，使疑难事件得出正确的结论。这则寓言告诉我们，在面对复杂、难以判断的事件时，我们也要学习他这种全面分析推理、开动脑筋想办法的精神。

王羲之诈睡

　　王羲之是东晋有名的书法家，他的书法雄浑开阔，自由潇洒，在中国古代书法史上占有重要地位。王羲之被尊为"书圣"，他的《兰亭集序》被书法家们称为"天下第一行书"。

　　在王羲之还不满 10 岁的时候，因为长得十分可爱，而且聪明伶俐，所以非常讨他的伯父——大将军王敦的喜爱。王敦经常把他留在自己的寝帐内睡觉。

　　有一次，王羲之又被留在王敦那里睡觉。第二天早上，王敦先起床了，王羲之仍在床帐里睡着。这时，王敦手下一个叫钱凤的人神神秘秘地来找王敦。他们支走了左右侍从，低声商量起事情来。王敦忘了王羲之此刻还睡在床帐内，两人说着说着声音便渐渐地大了起来。

　　王羲之其实早已醒了，他刚要起床，却听到房内伯父与人谈话的声音，他怕贸然冲出去会打扰伯父，便继续躺到床上听起外面的谈话来。听着听着，王羲之不禁被他们的谈话内容吓得大吃一惊：他们竟然在密谋造反！

　　聪明的王羲之马上想到如果让他们知道自己听到了他们的谈话，一定会被杀了灭口。要想不被怀疑，除非让他们相信自己一直熟睡未醒。于是，他把唾液涂在脸上和被褥上，假装睡得很熟。

当王敦与钱凤谈到一半的时候，王敦忽然想起王羲之还睡在床帐内，他立刻快步走到床前，"刷"地撩开床帐……钱凤一看，也吓出了一身冷汗，马上说："刚才的谈话不知道他听到没有，我看必须杀了他，以绝后患！"说罢，他就要抽刀砍下。

王敦看见王羲之的脸及被褥上沾满了唾液，确信他还在熟睡，便抬手阻止了钱凤的行动，说："你看他睡得多香，流了这么多口水，我看一定是做了一个美梦呢！不必担心，他不可能听见我们的谈话。"

钱凤虽有疑虑，但见王敦确信无疑，便作罢了。这样，王羲之凭借着自己的聪明机智，有惊无险地保全了性命。

启　示

王羲之无意中听到了一些军事机密，性命攸关，他机智地应对，化险为夷。这则寓言告诉我们，遇到紧急或突发的事情要沉着、冷静，不要惊慌失措。只有冷静地思考，才能想出好的解决办法，否则，只会把事情越弄越糟。

子贡与农夫

　　春秋时的鲁国人孔子是我国古代伟大的思想家、教育家、政治家，并且还是儒家学派的创始人。在我国两千多年的历史上，孔子一直享有"至圣先师"的美誉，直到今天，还依然为世人所尊敬与推崇。孔子博学多识，诲人不倦，据说他有三千多名弟子。

　　有一次，孔子带着他的几名学生出外讲学、游览，一路上十分辛苦。这一天，孔子一行人来到一个村庄，他们在一片树荫下休息，吃点干粮、喝点水。他们都没有发现就在这时，孔子的马已挣脱缰绳，跑到庄稼地里去吃麦苗了。那块庄稼地的主人非常生气，便上前抓住马嚼子，将马扣下了。当孔子师徒吃完东西，休息得差不多了准备继续赶路时，他们才发现马不见了。几个人在附近找起来，远远地就看见一个农夫正指着庄稼和马在那里大骂。孔子一行人知道了原因，想要上去将马要回来。孔子问学生们："你们谁愿意去找农夫把马要回来呢？"一个叫子贡的学生自告奋勇地要去。

　　子贡是孔子最得意的学生之一，一贯能言善辩。凭着不凡的口才，他企图上前去说服那个农夫，争取和解。可是，他说话文绉（zhōu）绉，满口之乎者也，天上地下，将大道理讲了一串又一串，尽管费尽口舌，可农夫就是听不进去。子贡碰了一鼻子灰，只好灰溜溜地回来了。

有一位刚刚跟随孔子学习不久的新学生，论学识、才干远不如子贡。当他看到子贡失望而归，便对孔子说："老师，请让我去试试看。"

于是他走到农夫面前，笑着对农夫说："你并不是在遥远的东海种田，我们也不是在遥远的西海耕地，其实我们彼此离得很近。所以，今天我的马才会有机会吃了你的庄稼。既然我们离这么近，没准儿哪天你的牛也会蹿到我的田地里吃掉我的庄稼哩，你说是不是？我们应该彼此谅解才对呀！"旁边的几个农夫也附和着说："是呀是呀，牲畜总有犯错的时候，谁也保不准哪天就蹿到谁家田地里去了。"

农夫听了这番话，觉得很在理，刚才的怒气也渐渐平息下去了。农夫不仅不责怪孔子的马吃了自己的庄稼，还向他们道歉，说不应该扣下他们的马，并解下马缰将马还给了孔子。一旁的农夫们都对着那位新学生说："你太会说话了，哪像刚才那个人，说话那么不中听，谁还愿意把马还给他……"

启　示

　　子贡虽有满肚子学问，又能言善辩，可是遇到农夫却费尽口舌也无济于事。这则寓言告诉我们，说话、办事要看对象、分场合，面对不同的人物和场合，要灵活采取不同的处理方式。

东野稷驾马车

　　战国时期，鲁国有一个叫东野稷的人非常擅长驾马车。他本是鲁国一名普通的御马师，随着驾马技术日渐纯熟，他得到众人越来越多的赞许。于是，他凭着一身驾车的本领去求见鲁庄公。鲁庄公接见了他，并叫他进行驾车表演。

　　东野稷得到这个表演机会，一点儿也不敢疏忽。他跨上马车，想要把他的技艺完全地展示出来。他驾着马车，一会儿向前，一会儿向后；一会儿向左，一会儿向右，进退自如，十分熟练。而且，无论是前进还是后退，车轮所碾出来的辙痕都像木匠画的墨线那样直；无论是向左还是向右旋转打圈，车辙都像木匠用圆规划的圈那么圆。鲁庄公高兴地欣赏着东野稷的表演，非常满意。他跟身旁的人称赞东野稷道："他的驾车技术的确高超。我看就是周穆王时驾驭马车的能手造父也不及他。"旁边的人也都附和道好。

　　鲁庄公兴致高昂，他向东野稷喊道："果然精彩，你再跑一百个圈吧。"东野稷见自己的能力得到了鲁庄公的赏识，非常高兴。他铆足劲儿，抽起鞭子把马车驾得飞快。

　　这时，鲁庄公一个叫作颜阖（hé）的臣子，看到东野稷这样不顾一切地驾车用马，就对鲁庄公说："我看，东野稷这样驾车，他的马不久就会倒下，车也将翻倒。"

　　鲁庄公觉得这话扫了自己的兴，听了很不高兴。他没有理睬站在一旁的颜阖，依旧专注地看着东野稷驾驶马车。鲁庄公心想："东野稷肯定会创造驾车兜圈的纪录。"但没过一会儿，东野稷的马果然累垮了，它一失前蹄，弄了个人仰马翻。东野稷狼狈而归，见了鲁庄公感觉很难堪。

　　鲁庄公见到东野稷的马车果真翻倒了，感到非常好奇。他回头问颜阖道："你怎么知道东野稷的马车会翻呢？"

　　颜阖回答："马再好，它的力气也有个限度。那匹马的力气已经耗尽，他还让马拼命地跑。像这样蛮干，马不累垮才怪呢。"

　　听了颜阖的话，鲁庄公再也无话可说。

　　这则寓言告诉我们，世间万物，其功能总有一个限度。如果我们不认真把握这个限度，只是一味蛮干或瞎指挥，到时候只会弄巧成拙或碰钉子。

纪昌学射

　　古代有个著名的神箭手名叫飞卫，当时，很多年轻人都慕名向他求教。有个很有才华的年轻人，名叫纪昌，立志要成为一名神箭手。可是，纪昌射箭的本领不高，于是他决定拜飞卫为师，学习射箭的本领。

　　纪昌跋山涉水，走了很多路，吃了很多苦，终于找到了神箭手飞卫。见到飞卫，他立刻拜倒在飞卫面前，说："弟子久闻先生大名，想拜您为师，请您收下弟子。"飞卫看了看他说："你真的想学射箭吗？过来！"说着，飞卫用箭在纪昌眼前"刷"地一挥。"啊！"纪昌吓得大叫，不停地眨眼。飞卫轻蔑地一笑："哼，你这样眨眼，怎么可能射好箭。回去先练好看见移动的东西不眨眼的功夫再来吧！"说完，他把箭扔到地上，拂袖而去。

　　纪昌很难过，却也没有办法，只好回到家中。纪昌日夜冥思苦想：怎样才能练出不眨眼的功夫来呢？

　　一天，他看见妻子织布机上的梭子飞快地穿来穿去，顿时灵光一现："哈哈！有办法了！"从此以后，妻子织布的时候，他就蹲在织布机下，目不转睛地盯着织布机上那两只动来动去

　　的梭子。这样不间断地练习了两年，纪昌终于能看着物体移动也不眨眼睛了，即便有一个锥子朝着他的眼睛刺来，他的眼珠还是能一动不动。

　　纪昌欢欢喜喜地跑去找飞卫："先生，我练好了，现在无论看什么东西都不会眨眼睛了。"

　　飞卫瞥了他一眼，淡淡地说："这还不够，你还要学会把一个很细小的东西看得很大、很清楚才行。等你达到了这样的

程度再来找我吧！"

　　纪昌虽说有些沮丧，但一想到自己以后能成为神箭手，便又激起饱满的热情，回去继续练眼力了。

　　回到家里，纪昌用一根牛尾毛拴住一只虱子，挂在窗户上，每天都目不转睛地盯着它看。三年之后，那小虱子在他眼里已有车轮一般大了。

　　纪昌按捺不住内心的兴奋，又跑到飞卫那里，说："先生，弟子已经能把一只虱子看成车轮那么大了。"

　　飞卫微笑着朝他点点头："嗯，现在你可以学习射箭了。"

　　纪昌终于拜得飞卫为师。从此，纪昌便跟着飞卫刻苦地学习射箭之术。在飞卫的指点下，纪昌苦练射箭本领，后来成为名扬天下的神箭手。

启　示

　　从表面上看，飞卫三番五次地为难纪昌，其实他是在指点纪昌练习学射箭之前所必需的基本功。而只有练好扎实的基本功，才能学到丰富的知识和高超的技能。同时，我们还要学习纪昌那种持之以恒的精神。

吴裕与公孙穆

公孙穆生活在东汉时期，他非常热爱学习，总是想尽办法抓住一切机会来学习，当时，许多人都因为他好学而对他交口称赞。

公孙穆读了不少书以后，还想进一步扩大知识面，完善自己，但是靠自学又觉得力不从心。那时候设有太学，太学里的老师知识渊博、见识很广，公孙穆就想进太学去继续学习。可是上太学需要交一大笔学费，另外还有平时食宿的花销，数额高得惊人，而公孙穆家里很穷，根本出不起这笔钱。怎么办呢？公孙穆一下子也想不出什么主意来，只好先暂时停止了学习。为此，他苦恼极了。

有个富商名叫吴裕，十分通情达理，对人很诚恳。有一次，他要招雇一批舂米的工人，便派人把消息放了出去。有人把这事告诉了公孙穆，公孙穆高兴极了。他想：这下有机会赚些钱继续求学了！那时候，舂米被认为是低贱的工作，但公孙穆已经顾不得这些了，他把自己打扮成那种干重体力活的样子，穿着一套短衫短裤，就去应征了。

一天，吴裕打算去舂米的地方转一转，巡视一番。他信步一路走来，东瞧瞧，西看看，最后在公孙穆身边站住了。公孙穆正干得满头大汗，没有注意吴裕在他旁边，还是一个劲地舂他的米。

过了好一会儿，吴裕越看越觉得公孙穆的动作不很熟练，体力也不怎么好，不太像一个舂米工人，就问他："小伙子，你为什么会到我这儿来工作呢？"

公孙穆随口答道："为了赚些钱交学费。"

吴裕说："哦，原来你是个读书人啊，怪不得我看你斯斯文文的，不太像工人。别干了，休息一会儿吧，咱们聊聊！"

他俩谈得十分投机，大有相见恨晚之感。后来，这两个人成为莫逆之交。

启　示

　　吴裕并没有因为贫富悬殊而看不起公孙穆这个穷书生，反而同他交上了朋友。这种不以贵贱的眼光看人的精神是很可贵的。我们交朋友，也同样不应以贵贱、贫富为标准，而要更看重一个人的才学和品行。

不曾杀陈佗

　　古时候，有一个人想去拜见县令，在官衙里求个差事。他冥思苦想：怎么才能让县令答应帮自己的忙呢？为了投其所好，他事先找到县令手下的人，打听县令的爱好。

　　他向县令的随从打听道："不知县令大人平时都有什么爱好呢？"

　　县令手下的人告诉他："大人无事的时候喜欢读书。我经常看到他手捧《公羊传》读得津津有味，爱不释手。"

　　这个人把县令的爱好记在心里，满怀信心地去见县令。县令见了他，问他道："你平时都喜欢做些什么？"

　　他连忙讨好地回答："我没什么别的爱好，唯一喜爱的就是读书。"

　　县令听了惊喜不已，接着问："那你喜欢看的是什么书呢？"

　　那人见县令果然问到这里，心里不禁暗喜。他胸有成竹地回答："别的书我都不爱看，一心专攻《公羊传》。"

　　县令有些起疑，心想：这个人会不会是知道我的爱好呢？于是他故意试探道："那么我问你，是谁杀了陈佗呢？"

　　这个人其实根本就没读过《公羊传》，不知陈佗是书中人物。他想了半天，以为县令问的是本县发生的一起命案，于是吞吞吐吐地回答："我平生确实不曾杀过人，更不知有个叫陈佗的人被杀。"

县令一听，便确定这家伙并没读过《公羊传》，所以才回答得如此荒唐可笑。县令又故意戏弄他说："既然陈佗不是你杀的，那么依你之见，陈佗到底是谁杀的呢？"

这个人见县令还在往下追问，更加惶恐不安起来，于是吓得狼狈不堪地跑出去了。别人见他这副模样，问他怎么回事，他边跑边大声说："我刚才见到县令，他向我追问一桩杀人案，我再也不敢来了。等这桩案子搞清楚后，我再来吧。"

启　示

　　这则寓言告诉我们，一个人应该用诚实、谦虚的态度去对待知识。不懂装懂的行为既会妨碍自己的求知进步，又会闹出愚昧无知的笑话。

鲁国少人才

　　庄子生活在战国时期，他是一位非常廉洁、正直、相当有棱角和锋芒的人。他和孔子、孟子等人一样，游历各国，四处讲学布道。有一次，庄子游历到鲁国。庄子拜见鲁哀公，向他传授自己的哲学思想，鲁哀公非常欣赏他。

　　鲁哀公对庄子深有感慨地说："咱们鲁国儒士很多，唯独缺少像先生这样从事道术的人才。"

　　庄子听了鲁王的判断，却不以为然地持否定态度："别说从事道术的人才少，就是儒士也很缺乏。"

　　鲁哀公反问庄子："你看全鲁国的臣民几乎都穿戴儒者服装，能说鲁国缺少儒士吗？"

　　庄子毫不留情地指出他在鲁国的所见所闻："我听说在儒士中，头戴圆形礼帽的通晓天文；穿方形鞋的精通地理；佩戴五彩丝带系玉玦的，遇事清醒、果断。"

　　庄子见鲁哀公在认真听，便接着发表自己的见解："其实那些造诣很深的儒士平日不一定穿儒装，穿儒装的人未必就有真才实学。"

　　他向鲁王建议："您如果认为我判断得不正确，可以在全

国范围发布命令，宣布旨意，凡没有真才实学的冒牌儒士而穿儒装的一律问斩！"

鲁哀公采纳了庄子的谏言，在全国张贴命令。不过五天，鲁国上上下下再也看不见穿儒装的"儒士"了。唯独有一名男子，穿着儒装立于宫门前。鲁哀公闻讯立即传旨召见。

鲁哀公见来者仪态不俗，用国家大事考问他，提出的问题五花八门、千变万化，对方对答如流，思维敏捷，果然是位饱学之士。

庄子了解到鲁国在下达命令后，仅有一位儒士被国君召进宫，敢于回答问题。于是他发表自己的看法："以鲁国之大，举国上下仅一名儒士，能说人才济济吗？"

启　示

　　这则寓言很有讽喻意味，真才实学不是靠衣着来装饰的，形式不能取代实质。一种思想、学说或职业吃香与流行后，就会有人弄虚作假，附庸风雅，借以谋取私利。

曾参杀人

在孔子的众多学生中，继承孔子的学问，且成就最高的就是曾参，也就是曾子了。他16岁时就拜孔子为师，勤奋好学，颇得孔子真传。他不仅与孔子、孟子、颜子（颜回）、子思并称为"五大圣人"，还被儒家学派尊称为"宗圣"。

在曾参的家乡费邑，有一个与他同名同姓的人。有一天，那个与他同名的曾参在外乡杀了人，"曾参杀了人"的消息不久便传遍了费邑。

第一个向曾子的母亲报告情况的是曾家的一个邻居，那个人没有亲眼看见杀人凶手。他是在案发以后，从一个目击者那里得知凶手名叫曾参的。当那个邻人把"曾参杀了人"的消息告诉曾子的母亲时，曾子的母亲并没有像邻居想象的那样着急和担忧。

邻居见她不惊不忧，好奇地问："你的儿子杀了人，你怎么一点儿也不担心呢？"

曾子的母亲非常信任自己的儿子，她一向以曾子为傲。曾母一边有条不紊地织着布，一边斩钉截铁地对那个邻人说："我的儿子是绝对不可能去杀人的。"

没过多大会儿，又有一个人一脸惊恐地跑到曾子的母亲面前说："曾参真的在外面杀了人。"

曾子的母亲仍然不去理会这些流言。她依然坐在那里不慌不忙地穿梭引线，照常织着自己的布。

再过了一会儿，第三个报信的人又急匆匆地跑来对曾母说："现在外面议论纷纷，大家都说曾参的确杀了人。"

曾母听到这里，心里骤然紧张起来。她害怕这种人命关天的事情要株连亲眷，因此顾不得打听儿子的下落，急忙扔掉手中的梭子，关紧院门，架起梯子，越墙从僻静的地方逃走了。

以曾子良好的品德和慈母对儿子的了解、信任而论，"曾参杀了人"的说法在曾子的母亲面前是没有可信度的。然而，即使是一些不确定的说法，如果说的人很多，也会动摇一个慈母对自己贤德的儿子的信任。由此可以看出，即便是缺乏事实根据的流言也是可怕的。

启　示

这则寓言告诫我们，应该根据确切的事实材料，用分析的眼光看问题，而不要轻易地去相信一些流言。

鲍　君　神

　　有一个人到野地里去打柴，在经过一片沼泽的时候，意外地得到了一头麋鹿。他非常高兴，但没有立即把麋鹿带回家去，而是找了一棵树，将麋鹿拴在那里，打算忙完了活计再去牵麋鹿。

　　碰巧，有十几辆经商的车子从这片沼泽经过。车上的人看见树旁拴着一头麋鹿，周围一个人也没有。于是，他们走过去把麋鹿牵走了。没走多远，这些人觉得自己不劳而获太不像话，就从车上拿了一条准备在路上吃的干咸鱼放在拴麋鹿的地方作为补偿，然后心安理得地离开了这个地方。

　　过了半晌，打柴的人来取他拴着的那头麋鹿，可是树旁的麋鹿不见了，却有一条大干咸鱼放在拴麋鹿的地方。他觉得太奇怪了。看看四周，不见一个人影。这片沼泽中也没有人走的道路，这干咸鱼是从哪里来的呢？就算是从附近湖塘中蹦出来的鱼，那也应该是鲜鱼呀！凭空冒出一条干咸鱼来，它不是神又是什么呢？想到这里，这个人恭恭敬敬地抱起干咸鱼回家去了。

　　回家后，打柴人把这件事说给妻子和四邻八舍的人听，他们都觉得很奇怪。很快，这件事便传开了，而且被人们越说越神奇，竟然引来了许多祈祷的人。人们对这干咸鱼是神的传说深信不疑。大家凑钱为干咸鱼建了一座庙，将干咸鱼供奉在里面，在庙里设了多达几十人的专职祝巫，并给干咸鱼送了一个"鲍君神"的尊号（"鲍"就是"咸鱼"的意思）。从此，"鲍君神"庙内神帐高挂，钟鼓齐鸣，香火不断。祈祷的人络绎不绝地从四面八方赶来朝圣。

好几年过去了，一天，一支经商的车队路过这里，当年放干咸鱼的人也坐在车上。当他经过庙前的时候，看了这热闹的场面和庙门高悬的"鲍君神"匾额，感到十分奇怪，便下车向人打听原因。有人向他讲了这座庙宇和"鲍君神"的来历，他不禁大声说："这是我的鱼，是我几年前亲手拴在一棵树上的，哪来的什么鲍君神呢！"他走进庙内，上前将干咸鱼取下，然后头也不回地走了。

庙里的祝巫和那些祈祷的人被弄得哭笑不得、十分尴尬。从此以后，再也无人来朝拜这个庙，渐渐地，庙的四周长满了野草，又过了一些时候，这座庙也倒塌了。

启　示

　　这则寓言告诉我们，遇事不仔细想想，只凭主观臆断、人为地编造神话去盲目地顶礼膜拜的做法，既无任何实效，又劳民伤财、愚昧可笑。

楚王好细腰

　　从前，楚灵王喜欢腰身纤细的人，他认为只有这样才赏心悦目，才能满堂生辉。很多生得苗条、柔弱的妃子和宫女受到宠幸，连她们的家人也跟着被封官授爵；腰细的王公大臣也同样得到楚灵王的欣赏、提拔和重用。

　　一时间，满朝的文武大臣们为了赢得楚灵王的欢心和宠信，便千方百计地减肥，拼命使自己的腰围变小。他们不约而同地节制饮食，强迫自己一天只吃一餐饭，即使经常为此饿得头昏眼花也在所不惜；有的大臣更是摸索出了一套快速减肥的绝招，那就是每天早晨起床穿衣时，首先做几次深呼吸，挺胸收腹，然后将气憋住，再用宽带子将腰部束紧。经过这样一番折腾之后，腰明显是瘦了一些，但许多人却渐渐失去了独立支撑身体的能力，往往需要扶住墙壁才能勉强站起来。宫女和妃子们为了争宠，宁愿不吃饭，也要将自己的腰饿成盈盈一握，好让楚灵王注意到自己。

　　大家为了讨好楚灵王，就这样硬撑着过了一年，他们的身体越来越羸弱，动不动就感冒发烧。宫女们因为饥饿过度，竟有活活饿死的。楚灵王对此不仅没有反省，反而认为这是忠

心之举，在朝中大肆赞扬，并大大奖赏了她们的家人。大臣们心里一直在叫苦，却不敢明说。

邻国的国君听说楚国的大臣们都傻乎乎地减肥束腰，兴奋得两眼放光，因为这正是他们侵略楚国的好机会。大臣们的身体不健康，很难指挥好战斗。

这场战争开始了，邻国先派兵攻占楚国的边陲城市，使楚国丢了不少土地。在攻打到楚国的首都时，邻国改用了持久战术，使楚国上下人心惶惶。后来，幸亏楚国的友好邻邦前来帮忙，打退了邻国的大军，这才结束了这场战争。

当战争结束后，楚王才意识到自己多么愚蠢，便下令全

民适当地强身健体，大臣们也为楚王的英明决策叫好。过了几年，楚国又渐渐繁荣起来，成为一个强国。

启　示

　　楚灵王以个人的好恶去规范臣下的行为，并以此决定亲疏，这就必然会引起下属臣僚的刻意逢迎和拼命邀宠。这样势必会酿出大祸，毁掉个人，危害国家。应该说，这个历史故事，对于今天的人们如何安身立命，也不失为一个发人深省的教训。

惠施与船家

　　惠施是战国时期著名的政治家，他的学识很渊博。魏王经常听惠施讲学，十分欣赏他，惠施对魏王也很忠诚。

　　有一年，魏国的宰相死了，魏王急召惠施来见。惠施接到诏令，立即起身，日夜兼程直奔魏国都城大梁，准备接替宰相的职务。惠施一个随从也没带，走了一程又一程，途中，一条大河挡住去路。惠施心里记挂着魏王和魏国的事情，心急火燎。结果，过河时，他一失脚跌落水中。由于惠施水性不好，他一个劲地在水里扑腾着，眼看就要沉入水底，情况十分危急。

　　正在这时，幸亏有个船家赶来，将惠施从水中救起，才保住了惠施的性命。

　　船家请惠施上了船，问道："既然你不会水，为什么不等船来呢？"

　　惠施回答："时间紧迫，我等不及。"

　　船家又问："什么事这么急，让你连安全也来不及考虑呀？"

　　惠施说："我要去做魏国的宰相。"

　　船家一听，觉得十分好笑，再瞧瞧惠施像落汤鸡似的、失魂落魄的样子，脸上露出鄙视的神情。

他耻笑惠施说："看你刚才落水的样子，可怜巴巴的只会喊救命，如果不是我赶来，你恐怕连性命都保不住。像你这样连浮水都不会的人，还能去做宰相吗？真是太可笑了。"

惠施听了船家这番话，十分气恼，他不客气地对船家说："要说划船、浮水，我当然比不上你；可是要论治理国家、安定社会，你同我比起来，大概只能算个连眼睛都没睁开的小狗。浮水能与治国相提并论吗？"

一番话，说得船家目瞪口呆。船家哪里懂得，这世间万事万物各有各的规律，各有各的办法与学问，这浮水与治国之间没必然联系，怎么可以用不会浮水就判断人家不会治国呢？

启　示

　　这则寓言故事告诉我们，无论是什么事物，都各有各的规律，各有各的学问，不同的事物不可以拿来相提并论。

愚公移山

古时候，在冀州的南面、黄河的北面有两座方圆七百里、高达万丈的大山，一座叫太行山，一座叫王屋山。90 来岁的愚公一家就住在山的北面，家正面对着两座大山，出行十分不方便。

愚公很想把山移走，这样出门就不用绕很远的路了。于是，他把全家人召集在一起，对他们说："我跟你们尽力挖平险峻的大山，使道路一直通到豫州南部，到达汉水南岸，好吗？"他的想法一说出来，便得到了全家人的一致赞成。

他的妻子提出疑问，说："凭你的力气，连魁父这座小山都不能削平，你又能把太行山、王屋山怎么样呢？再说，哪儿有那么大的地方堆放挖下来的土和石头呢？"

其他人说："可以搬运到渤海的边上去。"

于是愚公率领儿孙中能挑担子的三个人凿石头，挖土，再将这些土石运到渤海边上。邻居京城氏的寡妇有个儿子，刚七八岁，也蹦蹦跳跳地来帮忙。冬去春来，他们才往返了一次，可是谁也不泄劲。

河湾处住着一个名叫智叟的老头，他见愚公一家人不自量力，企图移走两座大山，便笑着阻止愚公道："你简直太愚蠢了！就凭你残余的岁月、剩下的力气，连山上的一棵草都动不了，又能把泥土、石头怎么样呢？"

　　愚公叹了一口气，回答："你的心真顽固，顽固得没法开窍，连孤儿寡妇都比不上。即使我死了，还有儿子在呀；儿子

又生孙子，孙子又生儿子；儿子又有儿子，儿子又有孙子；子子孙孙无穷无尽，可是山却不会增高加大，还怕挖不平吗？"

智叟无言以对，灰溜溜地走了。

山神听说了这件事，怕他没完没了地挖下去，便向天帝报告了。天帝被愚公的诚心感动，命令大力神夸娥氏的两个儿子背走了那两座山，一座放在朔方的东部，一座放在雍州的南部。从这时开始，冀州的南部直到汉水南岸，再也没有高山阻隔了。

启　示

　　这则寓言通过写愚公的坚持不懈与智叟的胆小怯弱，以及"愚"与"智"作对比告诉人们，不管做任何事情，首先要有坚定的信念。要想克服困难，就必须下定决心。只要坚持不懈，成功就会属于我们。

杨 布 打 狗

从前，在一个不出名的小山村，住着一户姓杨的人家。这户人家有两个儿子，大儿子叫杨朱，小儿子叫杨布，两兄弟一边在家帮父母耕地、担水，一边勤读诗书。这兄弟两人都写得一手好字，交了一批诗文朋友。

有一天，弟弟杨布穿着一身白色的干净衣服，兴致勃勃地去一个经常在一起讨论诗词、评议字画的朋友家。在快到朋友家的路上，突然下起雨来，雨越下越大，杨布正走在前不着村、后不着店的山间小道上，只好硬着头皮顶着大雨，被淋得落汤鸡似的跑到了朋友家。杨布在朋友家脱掉被雨水淋湿的白色外衣，穿上了朋友的一身黑色外套。朋友招待杨布吃过饭，两人又谈论了一会儿诗词，评议了一会儿前人的字画。不知不觉天快黑下来了，杨布就把自己被雨水淋湿的白色外衣晾在朋友家里，穿着朋友的一身黑色衣服回家了。

雨后的山间小道虽然是湿的，但由于路面上小石子铺得多，所以没有淤积的烂泥。天色渐渐地暗了下来，弯弯曲曲的山路还是明晰可辨。晚风轻轻吹着，从山间送来一阵阵新枝嫩叶的清香。要不是天愈来愈黑，杨布还真有点儿雨后漫游山冈的雅兴哩！他走着走着，走到自家门口了，还沉浸在白天与朋友畅谈的兴致里。这时，杨布家的狗却不知道是自家主人回来了，从黑地里猛冲出来对他汪汪直叫。须臾，那狗突然后腿站起、前腿向上，似乎要朝杨布扑过来。杨布被自家的狗这突如其来的狂吠声和它快要扑过来的动作吓了一跳。他十分恼火，马上停住脚向旁边闪了一下，愤怒地向狗大声吼道："瞎了眼，连我都不认识了！"于是，他顺手在门边抄起一根木棒要打那条狗。这时，哥哥杨朱听到声音，立即从屋里出来，一边阻止杨布用木棒打狗，一边唤住了正在狂叫的狗，并且说："你不要打它啊！想想看，你白天穿着一身白色衣服出去，这么晚了，又换了一身黑色衣服回家，假若是你自己，一下子能辨得清吗？这能怪狗吗？"

　　杨布不说什么了，冷静地思考了一会儿，觉得哥哥杨朱的话也有道理。狗也不汪汪地叫了，一家人重新恢复了原先的快乐。

启　示

　　这则寓言告诉我们，若自己变了，就不能怪别人对自己另眼相看。别人另眼看自己，首先要从自己身上找原因，不然的话就像杨布那样：自己一身衣服变了，反而怪狗不认识自己。

豹将军出征

虎王派豹将军出征，传来了不幸的消息，豹将军因身负重伤不治，已尸横战场。

朝廷大臣议论纷纷。

熊太师说："豹将军生性粗暴，有勇无谋，根本就不是个将才！"

狐丞相说："豹将军残害生灵，草菅人命，我早就知道它不会有好下场！"

狼御史说："豹将军奸淫掳掠，无恶不作，国人皆称其为'可杀的花花太岁'，我正想参它一本，拿它法办。死在战场上，算是便宜了它！"

其他官员也都指出了豹将军的种种劣迹。

又过了一段时间，豹将军派信鸽送来捷报，说是豹将军身先士卒，虽身负重伤，仍英勇杀敌，已经大获全胜，即将班师回朝。

熊太师、狐丞相、狼御史听到这样的消息后，立即到京城百里以外去迎接。

见到豹将军后，熊太师说："豹将军迂回包围，深入敌后，首歼敌酋，智勇双全，真是举世无双的将才！"

狐丞相说："豹将军军纪严明，恩威并济，我早就知道您是会旗开得胜的！"

狼御史说："豹将军威风凛凛，仪表堂堂，使得敌人闻风丧胆。我一定向虎王奏上一本，请虎王晋升您为总领兵马的大元帅！"

其他官员也都对豹将军赞扬备至。

豹将军和不远百里出城欢迎的大臣们一一握手，连声称谢，嘴角却浮着一丝不易察觉的且带有嘲弄意味的微笑。因为它深知：如果它打了败仗或是阵亡了，这些家伙一定会大嚼舌根的。

启　　示

狐丞相、熊太师、狼御史等前后不一致地言语，乍看上去让人难以理解，其实却是它们表里不一的真实表现。这则寓言告诉我们，我们对朋友或他人的看法应表里如一，不能因为他一时的得失而态度不同。

神鸟与猫头鹰

庄子的好朋友惠施被封为魏国的宰相后，庄子很为自己的朋友高兴，启程去拜访惠施。

有一个小人知道庄子要来，便想歪曲庄子的来意，从中挑拨离间惠施与庄子的友谊。

他来到惠施面前说："宰相大人刚刚升了官，庄子就要来拜访。他这分明是忌妒大人您比他官当得大，不服气，要来跟您挑战了。说不定他凭着三寸不烂之舌，能将大王说动，改封他为宰相，而把大人您赶走。"

惠施一听，心里十分恐慌。他害怕失去官位，于是下令搜捕庄子。可整整在国都搜查了三天三夜，都没有找到庄子。

惠施的举动被庄子知道后，庄子仍然主动登门求见。惠施见庄子竟敢自投罗网，吃惊不已。庄子也不向惠施多解释，只是坐下来讲了一个故事：

在南方，传说中有一种神鸟，与凤凰属于同类，名叫鹓鶵（yuān chú），它从南海出发飞往北海，在途中，若不见高高的梧桐树，绝不栖息；不是翠竹与珍稀的果实，绝不食用；不遇甘甜的泉水，绝不畅饮。

　　神鸟一路飞翔，它在天空看见地面上有一只猫头鹰，正在啄食一只腐烂的死鼠。猫头鹰饥不择食，它在看见头顶上的神鸟后，以为是来抢食死鼠的。于是，它涨红了脸，羽毛竖起，怒目而视，作出决一死战的架势。它见神鸟仍在头顶飞翔，便对着神鸟声嘶力竭地发出吓人的号叫！

　　庄子把猫头鹰遇到神鸟的故事讲完后，坦然地走到惠施面前，笑着问他："今天，您获取了魏国的相位，看见我来了，是不是也要对我恫吓一番呢？"

　　说完，庄子放声大笑，拂袖而去。

启　　示

　　这则寓言讽刺了那些权迷心窍的人。有远大志向的人追求高洁，却不被世俗小人理解。贪求利禄的小人用阴暗的心理来猜测人格高尚者的行为，正可谓以小人之心，度君子之腹。

神童的陨落

在金溪这个地方，出了个叫方仲永的神童。也许你会想，神童一定是出生于书香世家，从小受到书香熏陶，其实不然，方仲永出生在一个世代务农的家庭。他家里祖祖辈辈都是种田人，从没有出过一个文化人。他5岁以前，甚至连笔墨纸砚是个什么模样都不知道。

在方仲永5岁的那一年，有一天，他突然哭着向家里人要笔墨纸砚，说想写诗。他父亲感到十分惊讶，马上从邻居那里借来笔墨纸砚，方仲永提笔便写出了四句诗，而且还给诗写了个题目。同乡的几个秀才听说了这件事，都跑到方仲永家来看。他们把方仲永写的诗读了又读，品了又品，一致认为这是一首好诗。一传十，十传百，这件事很快便传开了，知道的人不免个个称奇。

从此，方仲永家热闹起来，经常有人慕名前来拜访，有的当场出题要小仲永作诗。不论什么题目，他都能立刻成诗，而且内容深刻雅致，文采绚丽多姿，于是，人们开始叫方仲永为神童。

神童的名声渐渐传到了县里，引起了很大震动。县里那些达官贵人十分欣赏方仲永，都来与方家结交。当了半辈子农民的方父的地位顿时提高了不少，有钱的老爷们争着来资助方家。这样一来，方仲永的父亲便认为这是件有利可图的好事，于是放弃了让方仲永上学读书的念头，而是每天带着方仲永轮流拜访县里的那些达官贵人，找机会表现方仲永的作诗天才，以博得那些人的夸赞和奖励。

可是，这样过了几年，神童渐渐才思不济了。由于只一味凭着一点"天才"而没有后天的学习，方仲永写的诗越来越平淡无奇。到十二三岁时，他作的诗已经完全不能与以前相比了，前来与他谈诗的人感到非常失望。到了20岁时，他的才华几乎已经看不到了，他作的诗跟一般人并无什么不同，曾经欣赏他的人一个个都遗憾地摇着头，为他感到惋惜。唉，一个天资聪颖的少年因为没有得到良好的培养竟然变成了一个平庸的人。

启　示

从这则寓言里，我们可以明白这样一个道理：一个人光有先天的智慧而不注重后天的学习是不行的，不接受新知识，到头来只会落在别人后面。

山芋害人

有一天，柳宗元得了重病，脾脏肿得很大，而且时常心脏悸闷。他的家人请来医生为他治病，医生诊断说："依你现在的病情来看，服食茯苓应当最见疗效。"

第二天，柳宗元就叫人到集市上去买了一些茯苓来，自己煎着吃了。可是吃后，病情不但不见好转，反而更加严重了。柳宗元十分生气，把医生找来后，责怪他医术不精，害自己加重了病情。

可是这位医生行医几十年了，这样的病也诊治过不少，都没有出过问题。他提出看看药渣子，是不是药买错了。医生一看药渣，一阵惊呼："你们被卖药的骗了，这哪是茯苓啊，是老山芋啊！你自己糊里糊涂不识货，现在却又来责怪我，太过分了。"

柳宗元吃惊地望着药渣，十分惭愧。

启　示

从这件事推广开想，有不少事是与之类似的。这则寓言告诉我们，害人之心不可有，防人之心不可无。

不材之木

　　从前有位名叫匠石的工匠，有一次，他带着徒弟们去齐国，经过曲辕时，看见土神庙旁有一棵大树。这棵树的树身足有百尺粗，光树干就有八十尺。无数的游人在树下流连，无不对这棵大树啧啧称奇。但匠石却对这奇观视而不见，径直往前赶路了。徒弟们很好奇，于是追上师父，问道："师父，我们自从跟随您走南闯北学手艺以来，还从来没有碰见这样大的木材，您为什么连看也不看它一眼呢？"

　　匠石回答："不要夸这棵树了，它其实脆而不坚，根本毫无用处，造船船会沉，做棺材会很快腐烂，制成柱子会被虫蛀，打成器具会很快坏掉，做成门会流出污浆……正因为它没有用，才会长得这么大，寿命这么长！"徒弟们听了，恍然大悟，头也不回地跟着师傅继续赶路。

启　示

　　俗话说："人不可貌相，海水不可斗量。"貌似强大的事物往往华而不实。我们看问题、观察事物时不能被表相迷惑，而要透过现象看清本质，这样，才能作出正确的判断。

望梅止渴

　　曹操，即魏武帝，字孟德，小名阿瞒，沛国谯县（今安徽亳州）人。东汉末年，他消灭了北方的众多割据势力，统一了中国北方的大部分地区，并实行一系列政策恢复经济生产、稳定社会秩序，是魏国的缔造者和奠基者。

　　有一年夏天，曹操率领部队去讨伐张绣。天气热得出奇，骄阳似火，天上一丝云彩也没有，部队在弯弯曲曲的山道上行走，两边密密的树木和被阳光晒得滚烫的山石，让人透不过气来。到了中午时分，士兵的衣服都湿透了，行军的速度也慢了下来，有几个体弱的士兵中暑后晕倒在路边。

　　曹操看行军的速度越来越慢，担心贻误战机，心里十分着急。可是，大家连水都没得喝，又怎么能加快速度呢？他立刻叫来向导，悄悄地问："这附近可有水源？"

　　向导摇摇头说："泉水在山谷的那一边，要绕道过去，还有很远的路程。"

　　曹操想了一下，说："这样可不行，会贻误战机啊。"

　　他看了看前边的树林，沉思了一会儿，对向导说："你什么都别说，我来想办法。"他知道此刻即使下命令要求部队加快速度也无济于事。

突然，他一夹马肚子，快速赶到队伍前面，用马鞭指着前方说："将士们，我知道前面有一大片梅林，那里有又大又好吃的梅子，我们快点赶路，绕过这个山丘就到梅林了！"将士们一听，立刻想到了梅子的酸味，人人嘴里不知不觉地流出了不少口水。嘴里有了口水，就不那么口渴了。

曹操看到办法奏效，立刻整顿队伍，继续前进，终于带领大军走出了这片大荒原。

启　　示

　　曹操在将士们饥渴难忍的时候，灵机一动，想到用梅子分散他们的注意力，发挥想象力，让队伍走出了困境。这则寓言告诉我们，善于动脑筋，发挥想象力，就可以战胜暂时的困难。

自作聪明的墨鱼

　　海里有一种长得弯弯曲曲的动物，它的身体呈卵圆形、腹背扁。它的壳退化了，被发达的外膜所包裹。它没有尾鳍，快速运动时，利用液压原理，把吸进的水经嘴巴喷射出一道水柱，借以推动身体前进。瞬间，它的游动速度可超过普通鱼类。特别是遇到敌害时，它不但像火箭似的作反向逃离运动，还会施放"烟幕弹"，从墨囊里喷出"墨汁"，制造屏障，迷惑对方，然后逃之夭夭。这种"墨汁"中含有毒素，可以用来麻痹敌害，起到较强的御敌效果。它的名字叫作墨鱼。

　　有一次，它撞上了一条正在觅食的大鲨鱼。大鲨鱼正饿得发慌，看见这条肥美的墨鱼，不禁喜从心起，张开血盆大口，气势汹汹地向墨鱼冲了过来。

　　墨鱼心想：要是真的打起来，我哪是鲨鱼的对手啊，想要逃跑也游不过鲨鱼，还是想想别的办法吧！原来墨鱼肚子里有个墨囊，这会儿它赶紧把里面的墨汁全挤出来，它周围的海水顿时漆黑一片。大鲨鱼不小心一头撞了进去，什么也看不见，乱冲乱闯，墨鱼趁机溜掉了。

　　这下，墨鱼得意极了。它游到温暖的浅海处，沾沾自喜

地想:我真是本领高强,看来有了这个护身法宝,什么都不用怕了。

正得意呢,它却一眼看见不远处有一对父子正在捕鱼,心中又是一阵惊慌:这可怎么办啊?

千万不能被他们捉住啊!转念一想:不用着急,我有护身法宝,现在用正好。于是它又放出墨汁将身边的一片海水染黑。

这一放不打紧,却引起了老渔人的注意,他看见这边海水突然变黑了,高兴地对儿子说:"快看,那边一定是墨鱼!"于是父子俩顺着墨迹追过去,轻而易举地将这条自作聪明的墨鱼抓到了手。

启　示

墨鱼在遇到大鲨鱼时,用墨汁把海水弄黑,趁机溜掉了,而在看到渔人父子俩时,它又用了同样的办法。墨鱼没有考虑到情况的变化,便将小聪明胡乱施展一气,反而暴露了目标而被捕获,这真是"聪明反被聪明误"啊。

树林与篝火

冬天，天气格外寒冷，一群回家的过路人走累了，于是，在树林里找了一块干净的地方，又拾了一些干柴生起篝火，围坐在周围。

没多久，过路人休息够了就离开了。走时，在树林的旁边残留着一堆篝火，此时木柴已经燃尽，火苗即将熄灭。

眼看末日来临，篝火便打起了树林的主意。篝火跟树林搭讪："我说树林啊，你的命运可真是悲惨！瞧你，浑身光秃秃的，连一片树叶也没有，你一定很冷吧。"

树林回答道："唉，积雪都把我整个覆盖了，我想长叶子也没有办法啊！"

篝火接着说："这有什么难的！只要你肯与我成为朋友，我就会帮助你。我比太阳还厉害，在冬天能发出比太阳更多的光和热。人们在冬天都离不开我。有我存在的地方，冰雪就休想长时间停留。你看，太阳整天放光，可是一天过去了，冰雪依然无恙。但只要冰雪稍稍靠近我的身边，就会顷刻间融化消亡。如果你想在隆冬时节变得像夏天那样苍翠，那么你只需要在林间给我一席之地就可以了。"

树林一听，觉得篝火说得不无道理，于是，不假思索地同意了。篝火蹿进了树林里，火苗变成了火舌，势头越来越猛。熊熊烈焰席卷了整个树林，滚滚黑烟直冲天际。最后只剩下一些烧焦的树桩留在那里。

树林在弥留之际后悔道："我真该好好分辨篝火所说的话，不该轻易地相信篝火的谎言啊！"

启　示

树林禁不住篝火的劝说，和篝火做了朋友，结果却被朋友毁了自己。树林给我们的教训是，我们在选择朋友时务必慎重，不少人是将自己的私利隐藏在友谊的面具之下的，和这样的人交朋友，最终只会坑害自己。

象牙筷子

　　商纣王是商朝的最后一位君主，他是继夏桀之后的又一个荒淫暴君。他虽然天资聪明，但是目中无人，穷奢极欲，性情残暴。他耗费大量人力物力，修建离宫别院，供自己游乐享受；又想出种种酷刑，任意杀人，残暴至极。他身边的忠臣都为他担忧不已。

　　商纣王在刚开始请工匠用象牙为他制作筷子的时候，他的叔父箕子就已经担忧不已。箕子认为，如果使用了稀有、昂贵的象牙制作筷子，与之相配套的杯盘碗盏就再也不会用陶制土烧的笨重物了，而必然会换成用犀牛角、美玉打磨的精美器皿。餐具一旦换成了象牙筷子和玉石盘碗，就一定不会再去吃大豆一类的普通蔬菜，而是要千方百计地享用牦牛、象、豹之类的山珍美味了。有了精美食物的享受之后，自然会追求绫罗绸缎的衣着，粗衣麻布肯定是要抛弃了。而低矮、阴暗的茅屋更是一刻也住不下去，高楼大厦也会随之建起。

　　如若真的照这样演变，那么最后必定是悲惨的结局。而从纣王的第一双象牙筷子的制作开始，箕子的心就一直忐忑不安，总有一股不祥的预感。

于是他劝纣王："请陛下不要一味地追求奢靡的生活；要行善道，施仁政，正朝纲，这样天下百姓才会心甘情愿地臣服于您的统治。"

可纣王哪里听得进箕子的话，一怒之下就把箕子囚禁了起来。其他贵族和大臣听说后，也不敢再提此事。

事情的发展果然不出箕子所料。仅仅过了5年时间，纣王就演变到了穷奢极欲、荒淫无度的地步。在他的王宫内，挂满了各种各样的兽肉，多得像一片树林；厨房内添置了专门用来烤肉的铜格；后园内酿酒后剩下的酒糟已经堆得像座小山了，而盛放美酒的酒池竟大得可以划船。纣王的腐败行径，不仅苦了老百姓，而且使国家也日益衰败，最后终于被周武王所灭。

启　示

箕子能从象牙筷子的苗头，推断出商纣王必然亡国的命运，深刻地说明了"千里之提，毁于蚁穴"的道理。这则寓言告诉我们，如果对小的贪欲不能进行有效的遏制，任其发展，最终必然会酿成大的灾难，造成大的罪恶。

晏子责烛雏

　　齐景公是一个喜欢捕鸟的君王。而且他还特别喜欢将捕获的各种鸟类喂养起来，以供赏玩。于是，他专门派了一个叫烛雏的人看护他的爱鸟。

　　有一天，烛雏不小心，让捕获的鸟飞走了。齐景公得知后，十分生气，他大发雷霆，准备杀掉烛雏。晏子知道这件事后，赶紧跑来劝诫齐景公。他对齐景公说："烛雏犯了罪，请让我当着烛雏的面来一一列举他的罪状，然后大王再处死他吧。"

　　景公同意了晏子的请求。

　　于是晏子派人把烛雏叫来，当着齐景公的面历数烛雏的罪状，说："大王派你专门看管鸟，你却粗心大意让鸟飞掉，这是第一条罪状；你使大王仅因鸟飞掉的缘故而杀人，让大王背上杀人的恶名，这是第二条罪状；如果让别的诸侯王听到这件事，认为我们的大王把鸟看得比人命还重，因此而坏了大王的威望，这是第三条罪状。"

　　晏子一口气列举了烛雏三大罪状后，立马请齐景公处决烛雏。

　　齐景公在晏子斥责烛雏罪状的时候早已醒悟过来，他摆了摆手说："不杀了，不杀了，寡人盛怒之下差点做了错事，多亏爱卿提醒啊！"

就这样，齐景公不但没有杀烛雏，还向他表示歉意。同时，他又向晏子表示感谢。

启　示

　　足智多谋的人在预知无济于事的情形下，往往不正面批评他人，而是采取侧面迂回的战术取得成功。这种教育人的方式，能让被教育者自省，往往能收到事半功倍的效果。

疑邻偷斧

　　从前，有一个人在自家的地窖中储存种子的时候，忘了把斧头从地窖中带出来。几天以后，他在又要用斧头时，发现自家的斧头不见了。他在自己家的门后面，桌子下面，堆柴草的房里到处找，都没找到。他怀疑是邻居家的儿子偷去了。可没有证据不能乱讲啊。于是，他仔细地观察邻居家那个儿子，看他那走路的样子，甚至连他的神态、动作、表情、说话时的声调，都像是偷了斧头一样。总之，越看越像，几乎可以肯定，就是他偷了斧头！

　　又过了几天，这个人又要到地窖去储存物品了。当他下到地窖里的时候，发现自己家那把不见了的斧头正躺在地面上。

　　第二天，他再看见邻居家的儿子，他的一举一动，一言一行，就连笑的神态，一点儿也不像是偷斧头的样子了。

启　示

　　这则寓言告诉我们，遇到问题要调查研究再作出判断，绝对不能毫无根据地瞎猜疑。疑神疑鬼地瞎猜疑，往往会产生错觉。

狐假虎威

　　有一天，一只老虎正在深山老林里转悠，突然发现了一只狐狸，便迅速抓住了它，心想：今天，又可以美美地享受一顿午餐了。

　　狐狸生性狡猾，编出一个谎言说："你可不能把我吃了，我是玉帝派到山林中当百兽之王的。"

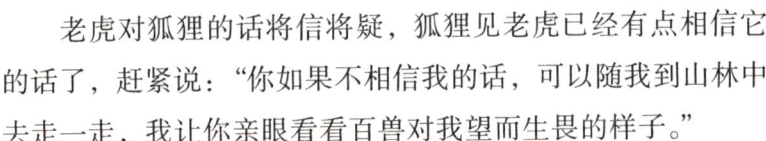

老虎对狐狸的话将信将疑，狐狸见老虎已经有点相信它的话了，赶紧说："你如果不相信我的话，可以随我到山林中去走一走，我让你亲眼看看百兽对我望而生畏的样子。"

老虎觉得有道理，就跟着狐狸一路走去。果然，众兽看见了，都吓得四处逃窜。

转了一圈之后，狐狸扬扬得意地对老虎说道："现在你该看到了吧？森林中的百兽，有谁不怕我？"

启　示

　　狡猾的狐狸借老虎的威风，在森林中吓唬别人，但是，狡诈的手法绝不能使狐狸改变虚弱的本质。把戏一旦被戳穿，它不但会受到群兽的围攻，还将被受骗的老虎吃掉。仗势欺人的坏蛋，虽然能够嚣张一时，但最终绝不会有好下场。

愤怒的狮子

草原上生活着一只狮子，它的毛很短，体色是浅灰色的，它还有淡棕色的鬃毛，长长的鬃毛一直延伸到肩部和胸部。它一整天都在森林里捕猎，已经累得筋疲力尽，于是，它早早地进洞休息了。

可是酷热的天气又使狮子无法安然入睡，翻来覆去睡不着。好不容易等到深夜，天气稍微凉爽了一些。困极了的狮子立即进入梦乡，就是打响雷也不会把它弄醒。

狮子就这样躺在洞中睡得十分香甜，胡须被呼噜吹得一翘一翘的。

这时，一只顽皮的老鼠从洞外风风火火地闯了进来，从狮子的鬃毛和耳朵上跑过，甚至还扯了扯它一翘一翘的胡须，把狮子从梦中惊醒了。狮子好不容易进入了梦乡，却被惊醒了。

它十分生气，于是爬起来摇摆着身子，大吼一声，东瞅瞅，西望望，试图找到那个惊醒它的小东西，看看是谁这么大胆，竟然敢在睡梦中将它惊醒。

这番情景正巧被经过的狐狸看到了。它看到狮子大惊小怪的样子，便嘲笑狮子说："你可是堂堂的森林之王——狮子

呀，竟然被一只小老鼠弄得诚惶诚恐，幸亏经过的是我，如果
被其他动物看见了，不仅会有损你的威严，而且我们这些臣民
也要跟着受到嘲笑。"

狮子听了狐狸的话更加生气，它怒吼起来："我并不是怕
老鼠，而是感到奇怪，想知道是什么东西竟敢如此放肆，在我
的身上跑来跑去不说，还敢扯我的胡须，弄疼我了。"

启　　示

　　这则寓言告诉我们，在事情没有弄清楚前因后果时，
不要轻易下结论或者发表你的看法，那是不谨慎的，也
是不负责任的。对事、对人都是如此，不要轻易地去评
价一个朋友或同学是好是坏，学会用事实说话。

淳于髡荐贤

为了求得贤士，齐宣王号召天下人推荐有才干、品德好的人。有个叫淳于髡（kūn）的人在一天之内就向齐宣王推荐了7名贤士。齐宣王当然很高兴。可是，在这么短的时间内出现了这么多贤士，对此，他表示怀疑。

于是齐宣王把淳于髡叫到跟前，对他说："先生，我有一个疑点想请你解释一下。我听说，能在方圆千里之内找到一位贤人，那么天下的贤人就多得可以肩并肩地排成行站在你面前。在古今上下近百代的时间内能出现一个圣人，那么世上的圣人就多得可以脚跟挨着脚跟向你走来。今天，先生用一天的时间就给我推荐了7位贤人，如此看来，贤人岂不遍地皆是，这未免有点太多了吧！"

淳于髡笑了笑，对齐宣王说："大王请听我解释，人以群分、物以类聚。同类的鸟，它们总是栖息、聚集在一起；同类的野兽，它们也总是行走、生活在一起。如果我们到低洼潮湿的地方去寻找柴胡、桔梗这类植物，别说是短短的几天，就是几辈子也找不到一棵；但是如果到山上去找，那就多得可以用车装了。万物都是以同类聚居的。我淳于髡一向与贤士为伍，

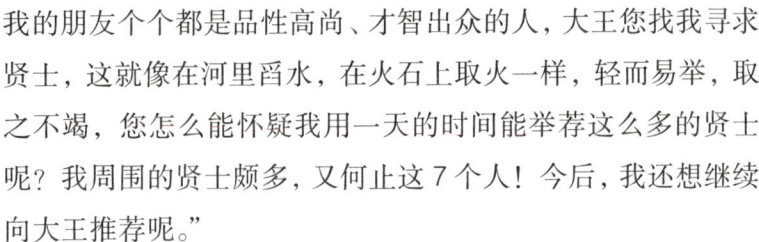

我的朋友个个都是品性高尚、才智出众的人，大王您找我寻求贤士，这就像在河里舀水，在火石上取火一样，轻而易举，取之不竭，您怎么能怀疑我用一天的时间能举荐这么多的贤士呢？我周围的贤士颇多，又何止这7个人！今后，我还想继续向大王推荐呢。"

听了淳于髡的一席话，齐宣王顿开茅塞，心悦诚服。这样看来，世上的人才不是少了，而是我们没有找到识别人才的方法和途径啊！

启　　示

这则寓言告诉我们，世间万物皆以同类相聚，即人以群分、物以类聚。当我们与别人交朋友时，一定要注重其品性、道德、修养。同时，它还让我们明白做事要讲究方式方法，只有这样，我们做事才能事半功倍。

献 鸠 放 生

  人们常说："行善积德"。这句话是劝人多做好事，多做善事。遇到灾荒年，有些殷实人家为避免那些饥寒交迫的灾民饿死，捐米赈灾，这就是积德之举；风调雨顺时，他们将鱼、龟放游到江河水池，将鸟放飞到大自然，叫"放生"，这也是积善之行。后来，有人在大年初一这天，把捉来的雀放生，名曰"爱生灵"。

  春秋时期，晋国建都邯郸。晋国有一个势焰熏天的大臣叫赵简子，他就喜欢在过年时让老百姓替他捉斑鸠送到他府中，让他放生。

  大年初一这天，邯郸的老百姓都纷纷拥进赵简子的府第，他们都是来向赵简子进献斑鸠，供赵简子放生的。赵简子非常高兴，对每个来进献斑鸠的人都给予优厚的赏赐。这样一来，大年初一这天，来他府第进献斑鸠的人更是多得要把门槛都踏破了。

  一位赵简子的门客在一旁看了很久，问他："您为什么要这样做呢？"

  赵简子回答："大年初一放生，表示我对生灵的爱护，有

仁慈之心，我这是在做善事！"

门客接着说："您对生灵有着仁慈之心，这是难得的。可是，大人您有没有想过，因为您要拿斑鸠放生，又给予来进献斑鸠的人优厚的赏赐，所以全国的老百姓都争先恐后地去追捕斑鸠，在追捕过程中，打死、打伤的斑鸠也不在少数。这样一来，您爱护生灵之心就变得毫无意义。不如您下道命令，禁止捕捉，这样斑鸠得以安稳地生存，而这也是您对生灵给予的最大的仁慈之心。

赵简子听了门客的一席话，背着双手在府门里踱来踱去，仔细地思考了一阵子，默默地点了点头说："你说得对。我要爱护生灵，就要表示我的诚意。"

从此，赵简子再也没有捕斑鸠放生，邯郸城内也没有你追我捕的情景出现了。

这则寓言告诉我们，每个人都应该保持一颗善良的心，对身边的小动物应该怀有爱心、好好对待。但值得注意的是做这些善事，要实实在在行动，而不是只讲求形式、不讲效果，不要是沽名钓誉、假仁假义的伪善行为。

让仙鹤重返蓝天

　　传说中的仙鹤就是丹顶鹤，是生活在沼泽或浅水地带的一种大型涉禽，常被人冠以"湿地之神"的美称。丹顶鹤素以喙、颈、腿"三长"著称，直立时有一米多高。裸露的朱红色头顶，好像戴着一顶小红帽，因此得名。

　　从前，有一个叫支公的人，非常喜欢仙鹤。一位深知支公爱好的老朋友给他送来了一对仙鹤。支公高兴极了，像对待自己的儿女一般对待仙鹤，给它们吃最好的食物，细心照料它们的起居。高兴的时候，支公还常把仙鹤搂在怀里跟它们说话呢。这一对仙鹤也十分活泼可爱，经常唱歌给支公听，还跳舞给支公看，它们和支公做伴，使支公的晚年过得十分快乐，一点都不寂寞。时间久了，支公和仙鹤的感情越来越深厚。

　　时光飞逝，仙鹤的羽毛很快长齐了，它们天天扑棱着翅膀，想飞到属于它们的遥远的地方去。支公实在舍不得仙鹤离开，犹豫再三，还是用剪刀把仙鹤的翅膀剪短了。谁知从这以后，仙鹤变得无精打采，吃不香，睡不好，不愿唱歌，更不肯起舞。

　　支公将这一切看在眼里，疼在心里。他后悔极了，告诉自己："既然仙鹤有直上云霄、去见识更广阔的天空的志向，我又怎么能这么自私，强行把它们留在我跟前，只供自己观赏呢？还是让它们回归蓝天吧！"

从此，他更加精心地饲养两只仙鹤，它们的翅膀很快又长齐了。于是，支公就带着仙鹤来到野外，把它们放到地上，依依不舍地对它们说："仙鹤啊，快飞吧，飞到属于你们的遥远的地方去吧！"

仙鹤拍打着翅膀飞上蓝天，鸣叫着在支公头上盘旋了几圈，好像在感谢他的恩情，然后自由自在地向遥远的天边飞去了。

启　示

　　支公最后的抉择是明智的。这则寓言告诉我们，真正的爱，不只是表现为形影不离，不只是表现为关怀备至，更重要的是尊重所爱者的自由，尊重所爱者的意愿，让所爱者有发展的天地。

没用的葫芦

齐国有一位隐士，名叫田仲。他自命不凡，非常清高。他觉得与达官贵人结交是极为庸俗的事，所以拒绝与他们有交往。为了躲避世俗，他一直隐居乡间，并为自己的明智之举感到扬扬得意。

宋国有个叫屈谷的人，有一次，他到田仲那里去看他，对他说："我听说过先生的为人，您不愿攀附权贵。我没有其他本事，只会种庄稼和蔬菜，特别是种葫芦很有方法。现在，我有一个大葫芦。它不仅如石头一样坚硬，而且皮非常厚，葫芦里面没有空窍。这是我特意留给您的，现在给您拿来了。"

田仲听后，对屈谷说："葫芦嫩的时候可以吃，等老了不能吃的时候，还可以把它剖开来盛放东西。你说的这个葫芦虽然很大，然而它不仅皮厚，没有空窍，而且坚硬如铁，根本无法剖开。像这样的葫芦既不能吃，也不能用来装物，我要它来做什么呢？"

屈谷听了田仲的一番话，笑着说道："先生说得太对了，看来这个葫芦的确一无是处，我还是马上把它给扔掉吧。但是，在扔掉这个葫芦以前，我想问您一个问题，虽然您不仰仗别人，自己活得逍遥自在，然而您隐居在这山间，纵使才华满腹也无处施展，空有满脑子的学问却无法为国家效力，那么您同我刚才说的那个大葫芦又有什么区别呢？"

这则寓言告诉我们，如果一个人只是为不与一些人同流合污而消极避世，从而不愿将自己的本领贡献给国家、社会，那么他就不是一个真正明智的人。作为一个积极的入世之人，我们应该向种田的农夫屈谷学习，将自己学到的知识和本领应用于实践、服务人民。

牧童斗狼

从前，两个机智、勇敢的牧童一起到山里去。走着走着，他们突然发现了一个狼窝。

他们认为狼是害人的东西，平常他俩放牧时，总会时不时地遭到它们的攻击，可怜的小羊也会被它们残忍地吃掉。于是，他俩商量着想办法把它除掉。凑近狼窝一看，大狼不在，两人便一人抓了一只小狼，然后各自爬上一棵树，相距有数十步远。

过了一会儿，大狼回来了。它进到洞里，发现小狼不见了，急得惊慌失措，嗷嗷叫着四下里寻找。

这时，一个牧童在树上使劲地拧小狼的耳朵，小狼疼痛难忍，大声号叫起来。大狼听到小狼的叫声，一抬头，发现了牧童和被捉走的小狼，愤怒极了。它狂奔过来，号叫着用一对尖利的爪子在树干上拼命抓，想爬上树把小狼救下来。可是树太高，它爬不上去，急得要命。

这时候，另一个牧童又在另一棵树上弄得另外一只小狼大叫。大狼停止号叫，顺着声音望过去，看见了另一只小狼。于是它舍弃眼下的这只小狼，焦急、快速地向那棵树奔去，一

边跑一边号叫着，就像刚才一样。它刚跑到那棵树下抓了几下，另一棵树上的小狼又叫了起来。于是大狼再次回过头向这棵树跑来。就这样，大狼不停地号叫，不停地来回奔跑，不知道到底该顾哪一头。

来回跑了十几趟以后，大狼渐渐地跑慢了，号叫声也越来越微弱。又跑了一会儿，大狼终于气息奄奄了，僵直地倒在地上，很长时间一动也不动。两个牧童这才从树上下来去试探大狼的鼻息，发现它已经断气了。

启　示

两个牧童用自己的聪明才智，终于战胜了比自己强大的狼。这则寓言告诉我们，在对付强大的敌人时，我们应该动脑筋、想办法，用智斗才能获得成功。

鸩鸟和毒蛇

　　鸩鸟和毒蛇都是带有剧毒的动物。鸩鸟生活在岭南一带，比鹰略大，羽毛大都是紫色的，腹部和翅膀尖则是绿色的。岭南多蛇，鸩鸟就以这些阴冷可憎的动物为食。在所有的蛇中，鸩鸟最喜欢吃毒蛇；在所有毒蛇中，鸩鸟最喜欢吃耳蝮；在耳蝮的身上，鸩鸟最喜欢吃它的头。

　　鸩鸟的羽毛可以在酒饭里下毒，致人死命；毒蛇牙里的毒液也足以使人死亡。

　　有一次，鸩鸟捉到了一条蛇，它扑打着翅膀，准备把毒蛇啄起来吃掉。毒蛇急中生智，赶紧说："喂，别吃我，快别吃我！人们最厌恶的就是有毒的东西，你身上带有剧毒，都是因为吃了我们毒蛇的缘故。我的毒是与生俱来的，没办法除去，可你不是，你只要不吃我，身上就不会再有毒了，人们就不会厌恶你了！"

　　鸩鸟冷笑了几声，开口说道："你这条可恶的毒蛇，少在这里花言巧语，我不会相信你的鬼话的！"

　　说着，鸩鸟把爪下的毒蛇按得更紧了，接着说道："你说得很对，我的确有毒，但是人们所厌恶的只是你，而并不是我。

你的毒牙里带有剧毒，专门用毒牙去咬人，置人于死地。你是主动去害人，人们自然痛恨你。而我就不同了，我从不主动害人，偶尔有人用我的羽毛去做些图谋不轨的事，也只是极少数心术不正的人所为，并不关我什么事。我不但不害人，还是你的天敌，我帮助人们消灭你，所以我是人们的好朋友，人们喂养我来捕杀你。你才是真正的害人精，今天我绝不会放过你的！"

话音未落，鸩鸟就猛地啄了下去，把毒蛇吃掉了。

◆ 启　示 ◆

鸩鸟和毒蛇都是有毒的动物，后者死有余辜，前者却深得人们的喜爱，这是因为它们一个是用毒来害人，一个是为了帮助人才会有毒。这则寓言告诉我们，看待任何事物，都不能仅从表面上去区别，而应该深入其本质，才能作出正确的判断。

跟着乱叫的鸲鹆

　　一群喜鹊飞到了女儿山，它们在山上的树上筑了巢，在里面养育了喜鹊宝宝。它们每天寻找食物、抚育喜鹊宝宝，辛勤地劳作着。

　　在离它们不远的地方，住着好多鸲鹆（qú yù）。鸲鹆的俗名叫作八哥，这些八哥平时总爱学喜鹊们说话，没事就爱乱起哄。

　　有一次，一只老虎从灌木丛中蹿出来觅食。它瞪大一双眼睛，高声吼叫起来。老虎真不愧是兽中之王，它这一吼，直吼得山摇地动、风起云涌、草木震颤。

　　喜鹊的巢被老虎这一吼，随着树剧烈地摇动起来。喜鹊们害怕极了，却又想不出办法，只好聚集在一起，站在树上大声嚷叫："不得了了，不得了了，老虎来了，这可怎么办哪！"

　　附近的八哥听到喜鹊们叫得热闹，不禁又想学了，它们从山洞里钻出来，不管三七二十一也扯开嗓子乱叫："不得了了，不得了了，老虎来了！"

　　这时候，一只寒鸦经过，听到一片吵闹之声，就过来看个究竟。它好奇地问喜鹊："老虎是在地上行走的动物，而你

们却在天上飞，它能把你们怎么样呢？你们为什么要这么大声嚷叫？"

喜鹊回答："老虎的大声吼叫引起了风，我们怕风会把我们的巢吹掉了。"

寒鸦又回头去问八哥，八哥"我们、我们"了几声，无以作答。

寒鸦笑了，说道："喜鹊因为在树上筑了巢，害怕老虎大声吼叫引起的风把鸟巢吹掉了，所以畏惧老虎。可是你们住在山洞里，跟老虎完全井水不犯河水，一点利害关系也没有，为什么也要跟着乱叫呢？"

八哥听后，惭愧地低下了头。

启　示

　　这则寓言告诉我们，没有目的地乱说、乱做，或者仅仅是跟在别人后面模仿、凑热闹，完全没有自己的想法，是一种无知的表现。

狐狸与樵夫

"嗖""嗖"，樵夫坐在屋子里，突然看到两支利箭从窗外飞过，接着，他又看见一只漂亮的棕红色的狐狸慌慌张张地从林子里蹿出来，一直跑到他的面前。

狐狸喘着粗气对他说："好心人，救救我吧！我被猎人追赶，再也跑不动了。求求你，把我藏起来。"

樵夫觉得狐狸很可怜，就让它躲进了自己的茅屋里。

不一会儿，猎人骑着马，气势汹汹地追了过来，看不见狐狸的踪影，于是问樵夫："你刚才看到一只狐狸从这里跑过去了吗？"

樵夫装成若无其事的样子说："我一直坐在这里，连狐狸的影子都没有见过。"

猎人叹了口气，惋惜地说："唉，又让它逃走了。我追这只狐狸很久了，它的皮毛很漂亮，肯定能卖个好价钱！"说完，他就准备离开了。

樵夫一听狐狸皮值很多钱，不禁动了心。他想告诉猎人狐狸就在自己的茅屋里，又怕狐狸听见溜走，只好一个劲儿地朝猎人打手势，示意猎人进屋去抓。

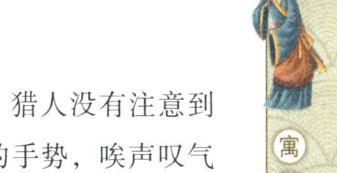

猎人没有注意到他的手势，唉声叹气地离开了。躲在屋里的狐狸却将樵夫的手势看得一清二楚。等猎人走后，狐狸从屋里出来，连招呼都没打就走了。

樵夫气坏了，指着狐狸骂道："你真是忘恩负义，我救了你的命，你却连谢谢都不说一声就走了，真不该救你！"

狐狸回过头来，轻蔑地笑了笑，说："如果你前面的话和你后米做的手势是一致的，你才值得我感谢。"

说完，狐狸头也不回地离开了。

启　示

　　说的话和做的事要一致，不能心口不一。樵夫本来是要救狐狸的，可是在听到猎人说狐狸皮很值钱后，便动了歪心思，口中说的是一套，心中想的和手上做的又是另外一套，这样的人是不值得尊重的。

两 匹 马

　　从前，有一对好朋友一起去赶集。他们骑着马并排走在路上，一个人骑着一匹国马，另一个人骑的是一匹骏马。

　　这两匹马的性格不太相同，国马温顺，骏马暴躁，在一起行路的时间长了，免不了有些磕磕碰碰。

　　忽然，也不知究竟是为了什么，骏马在国马的颈上咬了一口，国马顿时鲜血直流。

　　国马负痛跳开，但并没有扑上去和骏马厮打，只是委屈地低低嘶鸣了几声，盯着骏马看了一会儿，然后继续驮着主人默默赶路。

　　赶集回来后，两位好朋友告别，各自回家了。说来奇怪，骏马回家以后，也不知是怎么了，整天都惊恐不安。不管主人怎么哄它、打它，用尽了各种办法，它都既不吃东西，也不肯喝一口水，成天站在马厩里，两腿瑟瑟发抖，像是很恐惧的样子。骏马的主人实在搞不懂为什么，便去请教国马的主人："我的那匹骏马也不知怎么了，用尽了所有的办法它都不肯吃东西，无论是哄它还是用鞭子抽它，它就是不吃。你遇到过这样

的情况吗？"

国马的主人一听就明白了，解释说："那一定是骏马为自己的行为感到惭愧和后悔了。这样吧，我带国马去看看它，让它明白就好了。"

于是，国马的主人牵着国马去看骏马。国马一见到骏马，就迎上去嗅来嗅去，一副亲密的样子。骏马见国马一点嫌隙的意思都没有，也用鼻子嗅着国马，表示欢迎，两匹马开始一块儿有滋有味地吃起草来。

启　示

国马被咬了一口，却非常宽宏大量，一点都不记仇，并用自己的宽容感动了骏马。而骏马知道自己做了错事也毫不纵容自己，懂得羞愧和悔改。我们做人也要有这样的精神，宽以待人，知错就改。

钻牛角尖

古时候有这么一个读书人，名叫李庄，他学问不大，但却好表现，最喜欢四处与人辩驳，不论遇到什么事都爱与人争个是非对错。

有一天，李庄决定去拜访远近闻名的聪明人艾子。他知道艾子很聪明，所以想假借请教之名好好刁难刁难他。

见到艾子后，他假装诚恳地请教问题。艾子不知道他的诡计，一听说来者有问题请教，便坐下来认真地听他提出的问题。李庄早准备好一个刁钻的问题，他问道："我发现凡是大车的车身下面和骆驼的脖子上，都系着铃铛，这是为什么呢？"

艾子想了想，回答道："大车和骆驼都很大，而它们又经常在夜间赶路，如果它们一旦狭路相逢，就难免会发生碰撞。因此，给它们挂上铃铛正是为了在离得还较远时就互相给对方一个提醒，这样就可以提前回避了。"

不等艾子说完，李庄马上又问："佛塔是固定在一个地方的呀，那它的顶端也挂着铃铛，难道也是为了夜间行走避免相撞吗？"

艾子觉得这个读书人问的问题很刁钻，知道他是有意刁难，于是不高兴地说："你这个人真是死板。你没观察到那些鸟雀总喜欢在高处筑巢吗？它们筑巢的时候总会撒下污秽不堪的粪便，在塔上挂着铃铛，雀鸟飞来时，铃铛便摇晃作响，这样，鸟雀就不敢来筑巢了。这和大车、骆驼挂铃铛完全不是一回事。"

　　李庄没发现艾子已经不耐烦了，继续不知趣地问："猎鹰、鹞子的尾巴上也都带着小铃，那这也是为了防止鸟雀在上面筑巢吗？"

　　艾子一听，忍不住扑哧一声笑了，说："看你也是个读书人，是故意装傻呢还是真不开窍呢？猎鹰、鹞子捕捉鸟兽常常进入树林或灌木丛中，束脚的绳子有时会被树枝挂住，挣脱不开，这时只要它们振动翅膀铃声就会响起来，猎人听到铃声，就可以知道到哪里来找它们了。猎鹰、鹞子脚上系铃铛当然跟雀鸟筑巢没什么关系啦。"

　　李庄还不肯罢休，继续纠缠着问艾子："我见过那送葬的队伍，前面有个人总是摇着铃铛唱挽歌。我原先还不明白是为什么，现在才知道，原来是怕树枝缠住了他的脚呀。不过，想到这里，我又有了一个问题，不知道那个人脚上的带子是用皮条做的呢，还是用丝线编成的呢？"

　　艾子对李庄的故意刁难忍无可忍了，他生气地回答李庄："那个摇铃铛的人是死者的向导，因为这个死者生前好狡辩，

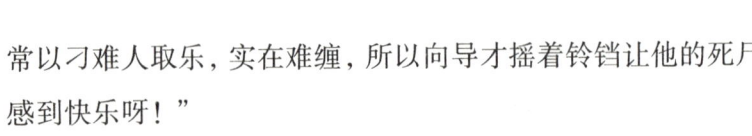

常以刁难人取乐，实在难缠，所以向导才摇着铃铛让他的死尸感到快乐呀！"

李庄一听，明白艾子话中有话，知道自己故意刁难的把戏已经被艾子识破了，顿时羞得无地自容。

　　生活中有些人只根据某些事物的表面相似之处，把偶然的巧合当作必然的联系，因而犯了偷换概念、混淆是非的逻辑错误，是不可取的。我们在面对一个问题时，不仅要看到表面现象，而且要根据环境、背景，理论联系实际，才能正确地理解事物。

宣王之弓

　　齐宣王有个特点——喜欢听恭维话。齐宣王爱好射箭，他喜欢听别人说他不论多强硬的弓都能够拉开的奉承话。

　　齐宣王射箭时，常常向身边的大臣们表演拉弓。他身边的近臣们为了奉承自己的国君，一个个都是先拿起宣王的弓，故意闭住嘴，鼓起腮帮，将眼睛瞪得大大的，一眨不眨地站在那里，再慢慢地将弓拉到半满时故意停一下子就松开手，然后说："这张弓真是强劲极了。如果没有九石的力气是别想将它拉开的。"

　　"这样的弓，除了大王您以外，是没有人能够拉开的。"

　　听了这些特别顺耳的话，齐宣王心里感到特别舒服。

　　这样，齐宣王所拉的弓虽然只需用不超过三石的力，但是他一辈子都认为他拉的弓，没有使出九石的力是拉不开的。

启　　示

　　齐宣王只喜欢虚名，却不知道他的实际力量究竟有多大。这则寓言告诉我们，缺乏自知之明的人喜欢听奉承话。听到奉承话、恭维话就沾沾自喜的人必被人耻笑。

锟铻剑与火浣布

西戎首领为了讨好周穆王，阻止将要来临的战祸，献上了稀世之宝锟铻剑和火浣布作为贡品。锟铻剑是用锟铻山所产的纯钢，经反复锻造而成。剑长1尺8寸，剑刃放射红光，锋利无比，用它来切削玉石，就像切削泥土一样，毫不费力。

火浣布更奇特，用这种布料缝制的衣袍如果穿脏了，洗涤时不必用水，只需投进熊熊燃烧的大火中去就行。在火中，火浣布变成了火红色，而那些脏处则还原成布的本色。将布袍从火中取出一抖，整件布袍就洁白如雪，十分靓丽。

贡品送进王宫后，人人称奇。可是，皇太子却不以为然，他认为世间根本不可能有削铁如泥的宝剑和不怕火烧的布袍，还认为说这种话的人都是虚妄的，他们靠传播假话骗人。

启　示

自己不知道的稀有之物，就不予承认，是浅薄无知的表现。随着科技的发展，人们的认知视野将会越来越广阔，许多匪夷所思的事物将会进入我们的生活，我们可不能像周朝的皇太子那样武断地下结论，盲目地加以排斥啊！

鳖 与 主 人

　　有一个人捉到了一只鳖，非常高兴地把它带回家，想着可以美美地吃上一顿了，可是他又不想背上杀害生灵的罪名，于是想了一个办法，

　　这个人将锅里盛满了水，用大火将水烧得滚开，又在锅上横搁一根细竹棍子，然后，他装着和鳖商量的样子，对鳖说："听说你很会爬，我想看看你的本领。如果你能为我表演一次，从这根竹棍上爬过去，我就放了你！"

　　可怜的鳖看了看锅里烧得滚烫的水还在上下翻腾，热气直往上蹿，如果在细竹棍上爬的时候，一不留神，就会掉进锅里丢掉性命。它知道这是主人故意设下的圈套，可是这只可怜的鳖想：横竖都是一死，还不如搏一搏，说不定还真能爬过去死里逃生哩。于是，鳖答应从开水锅上爬过去。

　　鳖鼓起了平生所有的勇气，集中了它有生以来的全部精力，小心翼翼、战战兢兢地开始从细竹棍的这一端爬了过去。主人这时也是眼都不眨地看着它。

　　鳖咬紧牙关，一步步地爬，没想到，竟然真的爬过去了。当它爬到锅的那一边时，它几乎都要晕过去了，趴在地上再也

动弹不得。

　　主人看到这一幕也惊呆了，没有想到，它竟能从九死一生中解脱出来。然而，主人不甘心，他还是要吃鳖肉。于是他改口对鳖说："不错，真有本事，非常精彩！请你再表演一次，我还想再欣赏一遍。这次爬过来，我一定放了你！"

　　鳖十分愤怒地说："你要想吃我，就明说好了，何必这么煞费苦心地拐弯抹角呢！"

启　示

　　鳖在生命的最后，仍然不放弃希望，用自己的勇气和坚持去战胜困难，虽然没有得到释放，但这种不轻言放弃的精神是值得赞颂的。鳖怒斥那个伪善的主人的恶行，正好揭露了某些伪君子虚伪、狡诈的真面目：他们明明要干坏事，却还冠冕堂皇地假装仁义道德。

三人成虎

魏国大夫庞恭和魏国太子一起做赵国的人质，定于某日启程赴赵国都城邯郸。

临行时，庞恭向魏王提出一个问题，他说："如果有一个人对您说，他看见闹市熙熙攘攘的人群中有一只老虎，您会相信吗？"

魏王说："我当然不信。"

庞恭又问："如果是两个人对您这样说呢？"

魏王说："那我也不信。"

庞恭紧接着追问了一句道："如果有三个人都说亲眼看见了闹市中的老虎，您是否还不相信？"

魏王说："既然这么多人都说在闹市看见了老虎，那一定是有了，所以我不能不信。"

庞恭听了这话以后，深有感触地说："果然不出我所料，问题就出在这里！事实上，人虎相怕，各占几分。众所周知，一只老虎是绝对不敢闯入闹市之中的。如今君王不顾及情理、不深入调查，只凭三人说有虎就下判断说肯定有虎，那么，等我到了比闹市还远的邯郸，您要是听见三个或更多不喜欢我的人说我的坏话，岂不是要断言我是坏人吗？临别之前，我向您说出这点疑虑，希望您一定不要轻信人言。"

果然不出庞恭所料，在他走后，一些平时对他心怀不满的人开始在魏王面前说他的坏话。刚开始魏王不相信，可时间一长，魏王果然听信了这些谗言。当庞恭从邯郸回魏国时，魏王再也不愿意召见他了。

启　示

流言蜚语足以毁掉一个人。随声附和的人一多，白的也会被说成黑的，这就叫作"众口铄金，积毁销骨"。所以，我们对待任何事情都要有自己的分析，不要人云亦云，被假象所蒙蔽。

蜀鸡遇难

大家听说过蜀鸡吗？它体魄健壮，羽毛的颜色非常绚丽，脖子上有一圈漂亮的红色羽毛。蜀鸡观赏性极强，又可以食用，在豚泽，有很多人喜欢饲养这种鸡。

初春时节，豚泽一家农户养的蜀鸡孵出了一窝可爱的小鸡。春分过后，天气转暖。这群小鸡也在一天天地长大。每当风和日丽的天气，大蜀鸡就领着小蜀鸡到庭院里活动。大蜀鸡咯咯咯地叫着走在前面带路；小蜀鸡啾啾啾地叫着跟在妈妈的身后学步。虽然小蜀鸡很调皮，喜欢到处玩耍，但是大蜀鸡一刻也没有忘记自己的责任。蜀鸡妈妈既是蜀鸡宝宝的好老师，又是它们的保护者。

有一天，大蜀鸡正领着一群小蜀鸡在院子里散步，突然，一只鹞鹰从空中俯冲而下。大蜀鸡一见长着锐利的爪子和长钩似的利嘴的鹞鹰在头顶上盘旋，就知道危险来了。它迅速用翅膀把小蜀鸡遮住，同时高昂起头颈，大声地吼叫，目不转睛地盯住鹞鹰，随时准备与它进行殊死搏斗。鹞鹰看到大蜀鸡早有防备，不敢轻易进犯。它在空中兜了几个圈子就一无所获地飞走了。

　　过了一会儿，天上又飞来一只乌鸦。大蜀鸡知道乌鸦平素性情温和，只吃树上的野果、田里的谷物和昆虫，不像鹞鹰那般凶猛，所以没有丝毫防范。它让乌鸦飞落到院子里，与小蜀鸡一块啄食、玩耍。大蜀鸡与乌鸦和睦相处大约有一顿饭的工夫，感情好到像亲兄弟一般。可就在大蜀鸡完全丧失警惕、痴心陶醉在这玩乐中的时候，乌鸦猛然间用长长的大嘴巴叼住了一只小蜀鸡。然后，它用双脚往地上使劲一蹬，狠狠地扇了扇翅膀，旋风般地飞走了。

　　大蜀鸡看到这一幕顿时目瞪口呆，它完全没有反应过来，只能无奈地望着乌鸦飞走的身影，心里后悔万分。只因为自己判断错误，被乌鸦的表面所蒙骗，从而导致自己的孩子眨眼间就失去了生命，大蜀鸡为此懊丧不已。

启　　示

　　大蜀鸡丧子的悲剧告诉了我们，有时候狡猾隐蔽的敌人比凶残露骨的敌人更加可恨，而且更难防范。

楚庄王的宽容

楚庄王每次打仗大胜归来，总要大摆喜宴，来慰劳自己的将士们。这一天，楚庄王率兵又打了胜仗，他十分高兴，便在宫中大摆晚宴，款待群臣，宫中一片歌舞升平。楚庄王也兴致高昂，他叫出自己最宠爱的妃子许姬献舞助兴，并命她轮流为群臣斟酒。

正在这时，忽然狂风大作，蜡烛一下子都被吹灭了，宫中立刻漆黑一片。正在斟酒的许姬一时也不知所措。黑暗中，她隐约感到有人在扯她的衣袖，还一把抱住她想亲近她。许姬挣扎着摆脱了，慌乱中她顺手拔下了那人的帽缨，然后快速跑到楚庄王身边，悄声说："刚才将士中有人想趁黑调戏我，让我挣脱了，但我拔下了他的帽缨，请大王现在吩咐点灯，我们就知道这个人是谁，然后将他抓起来处置。"

楚庄王听后，想了想说："且慢！今天我请大家来喝酒，酒后失礼是常有的事，不宜怪罪。再说，众位将士为国效力，我怎么能为了这点小事而辱没我的将士呢？"说完，楚庄王不动声色地对众人喊道："各位，今天寡人请大家喝酒，大家一定要尽兴，现在我们趁黑干脆将帽缨都拔掉，尽情狂欢！"

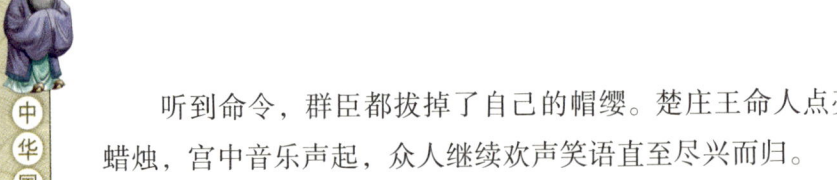

听到命令，群臣都拔掉了自己的帽缨。楚庄王命人点亮蜡烛，宫中音乐声起，众人继续欢声笑语直至尽兴而归。

三年后，晋国侵犯楚国，楚庄王亲自带兵迎战。本来楚国并不占优势，但楚庄王发现自己队伍中有这么一个将官，在战场上总是奋不顾身，冲杀在前，所向无敌。军中的其他将士在他的影响和带动下，也英勇无比，斗志高昂。凭着这股士气，楚军大败晋军，大胜而归。

楚庄王高兴极了，他派人把那位将官找来，准备好好赏赐他。楚庄王见到这位将官，忍不住问他："寡人见你此次战斗奋勇异常，寡人平日好像并未对你有过什么特殊好处，你是为什么如此冒死奋战呢？"

那将官跪在庄王阶前，低着头回答："大王，臣就是三年前那个被王妃拔掉帽缨的罪人啊！臣在大王宫中酒后失礼，本该处死，可是大王不仅没有追究问罪，反而还设法保全我的面子，臣深深感动，对大王的恩德牢记在心。从那时起，我就时刻准备用自己的生命来报答大王的恩德。这次上战场，正是我立功报恩的机会，所以我才不惜生命，奋勇杀敌。"

楚庄王感慨道："如果当年我鼠目寸光，心胸狭窄，那么我就失去了你这么一员猛将，那才是我最大的损失啊！"

启　示

　　在生活中如果我们都能像楚庄王这样，在分析问题时，从大处着眼，不以眼前小事来干扰我们的心智，在很多时候，坏事往往会变成好事。

释鹿得人

一次，鲁国国君孟孙带随从进山打猎，大臣秦西巴跟随左右。

这次打猎，孟孙特别高兴，因为他刚开始没多久便活捉了一只可爱的小鹿，下令让秦西巴先把小鹿送回宫中。

秦西巴奉命送鹿回宫途中，一直听到哀号的声音，而小鹿也十分凄惨地应和着。秦西巴明白了，这是一对母子，他实在于心不忍，于是便把小鹿放在地上。那母鹿不顾秦西巴站在旁边对自己有什么危险，一下冲到小鹿身边，舔了舔小鹿的嘴，两只鹿便撒腿跑进林子里，眨眼就不见了。

孟孙打猎归来，远远地看到秦西巴跪在宫门前，上前一问，才知道秦西巴私自放走了小鹿。孟孙顿时火冒三丈，打猎回来之后高兴的心情全被破坏了。他一怒之下将秦西巴赶出了宫。又过了一年，孟孙的儿子到了念书的年龄，他要为儿子找一位好老师。许多臣子都来向孟孙推荐老师，孟孙都一一接见，但他总觉得不是十分满意。

正当孟孙闷闷不乐的时候，他突然想起了一年前被自己赶出宫去的秦西巴，心中豁然开朗，立即命人去寻找秦西巴，

并把他请回宫来，拜他为太子的老师。

　　大臣们对孟孙的做法很不理解，他们问道："秦西巴当年自作主张，放走了大王所钟爱的鹿，他是有罪的，您现在反而请他来做太子的老师，这似乎不太合适啊。"

　　孟孙笑了笑说："秦西巴不但学问好，更有一颗仁慈的心。他对一只小鹿都生怜悯之心，宁可自己获罪也不愿伤害动物的母子之情，现在请他做太子的老师，我可以放心了。"

　　鲁国国君捉到了一只可爱的小鹿，命令秦西巴将它带回，路上秦西巴听见鹿妈妈的伤心哀号，于是将小鹿放回。国君大怒，将他赶出宫，可最后秦西巴的这颗仁慈之心，终于被国君理解，国君捐弃前嫌而再次启用秦西巴的长处，这一点对我们是大有启发的。

龙王与青蛙

传说水族中的至尊——龙王，住在海底深处，水中的一切动物都是它的臣民。它呼风唤雨，一举一动都会给老百姓带来很大的影响，因此，老百姓也对龙王顶礼膜拜。

一天，龙王出外巡游，在海滨遇上了一只青蛙。龙王和青蛙相互致以问候以后，便友好地攀谈起来。

青蛙问："龙大王，您是水族中的至尊，请问您居住的宫殿是怎样的呀？"

龙王骄傲地说："我住的宫殿，那可不是一般的宫殿。它在海底，是用珍珠、宝贝建造的，里面珠光宝气、金碧辉煌。"

接着，龙王又问青蛙："那么，你居住的地方又是什么样子呢？"

青蛙回答："我住的地方不是什么宫殿，就在山间小溪边，那里有绿色的苔藓和碧绿的青草，还有清亮的泉水和洁白的山石，简直美极啦！"

说着，青蛙高兴起来，便问龙王道："龙大王，您高兴和发怒的时候是怎样的呢？"

龙王回答："我高兴的时候，就给人间适时地降下滋润的雨水，使五谷丰登；我发怒的时候，就兴起暴风雨，使天地间飞沙走石，然后，再加以霹雷闪电，使得千里之内寸草难留。"

说完，龙王又问青蛙："不知你在高兴和发怒的时候是怎样的？"

青蛙回答："我跟龙大王您完全不一样。我高兴了，就在风清月明的夜晚亮起我的歌喉，一个劲地呱呱鸣叫，唱上一阵；我要是发怒了，就先睁大眼睛凸出眼珠子，接着便鼓胀起我的肚子，表示我的气愤，最后把肚子这么胀过以后也就罢了。我就这么大能耐。"

启　示

　　这则寓言告诉我们，其实，世上万事万物间都有差别，有多大能力就干多大的事、起多大的作用，而没必要强求一个标准、一种模式，还是根据各自力所能及的实际情况办事为好。

对牛弹琴

从前，有个叫公孙仪的人，非常善于弹琴。从他的琴声中能听得出泉水叮咚，也能听得出大海的怒吼；能听得出秋虫唧唧的低鸣，也能听得出小鸟婉转的歌唱。曲调欢乐的时候，会让人禁不住眉开眼笑；曲调悲哀的时候，能使人心酸不已，跟随着琴声难过起来。凡是听过他弹琴的人，没有不被他的琴声打动的。

一次，公孙仪弹琴的时候，看到有几头牛在不远处吃草，不由得突发奇想："既然我的琴声人人称颂，那牛也会觉得好听。不如我来演奏一曲给它们听。"

于是，公孙仪带着琴来到牛的旁边，弹了一首他最拿手的曲子《清角》。

这琴声果然美妙极了，任何人听了都会发出"此曲只应天上有，人间能得几回闻"的感慨。可是那些牛还是丝毫没有反应，低着头继续吃它们的草，就好像它们从来不曾听到过什么一样。

公孙仪想了想，又重新弹起琴来。这一次曲调变了，音不成音、调不成调，听上去实在糟糕，很像是一群蚊虫扇动翅

膀发出的"嗡嗡"声，中间似乎还间杂像有一头小牛"哞哞"的叫声。

这回，牛总算有反应了，它们纷纷竖起耳朵、甩着尾巴，迈着细密的小步子走来走去地倾听着琴声。

启　示

牛终于听懂了公孙仪的琴声，那是因为这声音接近于它所熟悉的东西。这则寓言告诉我们，解决问题的时候要根据不同事物的不同特点，对症下药地研究解决方法。

猪 的 标 准

　　一次偶然的机会，一头猪钻进了一座豪华的大宅院中，它转来转去地游逛到马厩和厨房周围。

　　在厨房、马厩玩腻之后，它又来到花园，在刚下过雨的污泥和水洼中，高兴地打了好几个滚，说："原来如此富丽堂皇的大宅子里，也有这种地方！"

　　可是它还是觉得不过瘾，又跑到厕所旁边一条阴沟里，又翻又滚，心里想着在这里洗干净身上的脏泥就回家，可那阴沟的水又脏又臭，猪摇摇头便回家了。

　　"嘿，你去哪儿了？"主人问它。

　　"去大宅院转了一圈。"猪不以为然地说。

　　"啊！去那里了啊！"主人惊叹起来，一副神往的样子，"那里是不是特别豪华？我听别人说，那里的房舍高大壮丽，门上都镶嵌着金银珠宝，后面的花园里都是奇花异草，芳香四溢，那里的东西一件比一件精美……"

　　这头猪哼哼唧唧地说道："我向你保证你听到的那些都是胡说八道。"

　　这头猪又满不在乎地说："哪里有什么金银珠宝！后花园

我倒是去了，但是也没有你说的那么好，那些花花草草的我没有什么印象，不过那里的泥巴和水洼很好，在里面玩耍很不错。你也可以想象到我不会吝惜自己的鼻子，我把整个后院的泥土都翻遍了，那条洗澡的河流似乎还不错，但是如果能再宽一点就好了……"

启　　示

　　这则寓言告诉我们，每个人看世界的眼光和方式是不一样的，猪欣赏的是后花园的泥潭和水洼，而主人则更向往那里装饰的堂皇，这取决于个人不同的喜好。没有必要仅凭别人的说辞，就判断事物的真相，那只不过是别人的观点而已。

神龟的智慧

中国古代象征吉祥的四种灵性动物是龙、凤、麒麟、龟。而龟在四灵中是唯一存在的动物，也是动物中寿命最长的。人们把龟当成健康长寿的象征，认为它具有预知未来的灵性。

在古代，每当举行重大活动之前，巫师都要烧龟甲，然后根据龟甲上爆裂的纹路来占卜吉凶。所以，人们称龟为"神龟""灵龟"。

龟在中国曾经受到过极大的尊敬。在古代帝王的皇宫、宅院和陵墓里，都有石雕或铜铸的神龟，用来象征国运的久远。

有一天，有只神龟被一个打鱼人捉住了，于是神龟托梦给宋国国王宋元君。

这天夜间，宋元君在睡梦中看见一个人披头散发、探头探脑地在侧门窥视，并对宋元君说："我住在一个名叫宰路的深潭里。我替清江水神出使到河伯那里去，路上，被一名叫余且的渔人捉住了。"

宋元君早上醒来，想起夜间的梦，觉得奇怪，于是叫人占卜这个梦。占卜的人说："这是一只神龟给大王托的梦。"

宋元君问左右的人说："有没有一个叫余且的渔人？"左

右的人回答："有一个渔人就叫余且。"于是，宋元君命令手下人传余且来朝见。

第二天，余且来见宋元君。元君问："你打鱼捉到了什么东西？"

余且回答："我捕到了一只大白龟，龟的背围可大了。"宋元君命令余且将白龟献上。余且连忙回家将捉到的白龟献给了宋元君。

宋元君得到这只神龟后，几次想杀掉它，又几次想把它养起来，心中总是犹豫不决，最后只好请占卜的人来做决断。占卜的结果是："杀掉这只龟，拿它做占卜用，这是吉利的。"于是，宋元君命人将白龟杀死，剖空它的肠肚，用龟壳进行占卜，总共卜了72次，竟然次次都灵验。

后来，孔子对这件事深有感慨地说："这只神龟有本事托梦给宋元君，却没有本事逃脱余且的网；它的智慧能达到72次占卜没有一次不灵验的境地，却不能避免自己被开肠剖肚的灾祸。这样看来，聪明也有受局限的地方，智慧也有照应不到的事情。"

启　　示

　　这则寓言告诉我们，一个人的聪明才智总是有限的，切不可骄傲大意，否则就可能陷入危险的境地。

试 真 草

在去西天取经的路上，唐僧、孙悟空、猪八戒、沙和尚师徒四人历经磨难，与各路妖魔鬼怪进行搏斗，最后到达西天。佛祖见到他们师徒，心里十分高兴，免不了要问长问短。

佛祖问："你们走过的地方，何处最美？"

猪八戒忙答道："高老庄！"

佛祖又问："你们三人的兵器，谁的最好？"

猪八戒听了，转着眼珠一想："这老头为何问这话？肯定是要论功行赏了。兵器好，自然出力大，出力大，自然奖赏多。这个，他能瞒得过俺老猪吗？"

于是，猪八戒连忙抢答："要说兵器嘛，自然俺老猪的钉耙了。"

佛祖半闭着眼睛，又问："何以见得？"

猪八戒从东土到西天，已经见多识广，便把所学的好词全用上了。他上前一步，笑嘻嘻地答道："佛祖啊，这钉耙，乃家传秘方所制，是正宗的老牌货。"

孙悟空在旁听了，不禁嘻嘻直笑。

佛祖问道："悟空，你笑什么？"

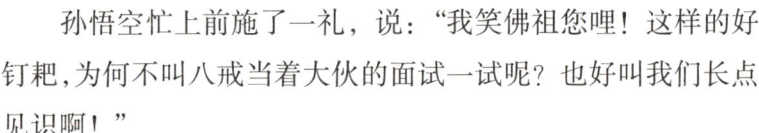

孙悟空忙上前施了一礼，说："我笑佛祖您哩！这样的好钉耙，为何不叫八戒当着大伙的面试一试呢？也好叫我们长点见识啊！"

佛祖点点头，忙问猪八戒："此耙能挖小草吗？"

猪八戒连忙点头答应："挖草小技，何难之有？"

佛祖带唐僧师徒来到后院，指着一棵状如剑兰的小草，命猪八戒挖来。猪八戒举耙挖去，谁知土块未动，反将钉耙弹起一尺多高。

猪八戒不知何故，忙问佛祖："此土为何如此坚实？"

佛祖笑道："此草名曰'试真草'，真货假货，真好假好，一试便知。这是我专为吹牛、冒牌者之流种下的，你知道吗？"

启　示

　　这则寓言告诉我们，东西是好是坏，人的品质是好是差，通过检验便可得知。无论对人或对事都应客观地对待，不能吹嘘，否则，也会像猪八戒那样自取其辱。

满奋畏寒

晋朝初年，有个人名叫满奋。他身材高大魁梧，体格强健壮实，但他十分怕冷。他从深秋时就生起了火炉，入冬后，他更是足不出户。让人想不通的是，就算是在夏季的雨天，他也是棉衣加身，缩脖笼手的。而更让人想不通的是，即使在温暖的室内看到窗外的枝叶摆动，他也会冷得发抖。

一个深秋的早晨，由于夜里刚下过霜，屋顶的瓦片上，树的枝干上，都铺了厚厚的一层霜。狂风呼啸，黄叶乱舞，彻骨的寒意直侵入人的骨髓。

可就在这样的天气之下，即位不久的晋武帝派人来宣召满奋马上入宫去议事。满奋忙不迭地加上一件又一件厚衣服，他刚出府门就一头钻进了蒙着厚厚皮帘的轿子中去了，可他仍旧冻得瑟瑟发抖。

到了宫中，晋武帝让满奋在靠南的位置上坐下，然后就开始和他商谈朝政。不一会儿，晋武帝忽然发现满奋紧皱双眉，浑身打战，嘴唇更是筛糠似的抖得厉害，脸色也很不好看，就很关切地问："你是不是身体不舒服？如果是的话，就先回家休息吧。"

满奋哆哆嗦嗦地指着北窗，说道："陛下，今天刮起了北风，臣觉得十分寒冷。"

晋武帝回过头来看了看北窗，北窗上面糊着厚厚的纸，虽然听到呼呼的风声能想象到外面的树枝被风吹得摇晃得厉害，黄叶漫天飘飞，但是风却没有办法钻进来。晋武帝不禁笑了起来，对满奋说："我们在温暖的房间里，外面就算风再大，也根本吹不进来，你怎么会觉得冷呢？"

满奋听了很不好意思，红着脸解释道："臣听说南方一带的牛怕热，看到月亮也以为是太阳，于是就热得喘起气来。臣一向怕冷，看见树枝在寒风里摇晃会发抖，就好像南方的牛见到月亮也会喘气一样，请陛下恕臣失礼。"

晋武帝听他这一解释，想想觉得还挺有道理，就没有怪罪满奋，又和他议起政事来。

启　示

南方的牛看见月亮就热得喘气和满奋看见树枝摇晃就冷得发抖都是一个道理：我们在见到与某些印象极深的东西相关的事物时，就会产生条件反射，做出与见到前者相同的反应。所以我们在看到相似的现象时，不要被表面现象蒙蔽，轻易下结论，而应该仔细地调查分析一番，这样才能够得出正确的结论来。

望天树与铁刀木

望天树与铁刀木都生长在云南的热带雨林里。

望天树高极了，你要抬头看它，帽子准会掉到地上。它高得连灵敏的测高器也无法测量，测了上部顾不到下部。远远望去，它像一个傲然屹立的巨人。

铁刀木矮极了，谁也没有注意过它。它长了一年又一年，身高却一直在一米以下。它在望天树的对面，相比之下，简直成了侏儒。

望天树用枝条抚摸着云彩，嘲笑铁刀木："可怜的铁刀木啊，你只配到小人国里去生活。"

铁刀木不卑不亢地说："你是比我高得多，可是我的生命力却比你强。"

"什么？什么？"望天树怒视着它，气得大声喊叫起来，"天大的笑话！我这么高这么壮，生命力难道还比不过你这个矮子？"

生活并不像人们所希望的那样，天天有和风，天天有阳光，平静而舒适。在一个阴霾的日子里，林中突然闯进一伙凶残的家伙，砍走了望天树和铁刀木，只剩下两个矮矮的树墩。

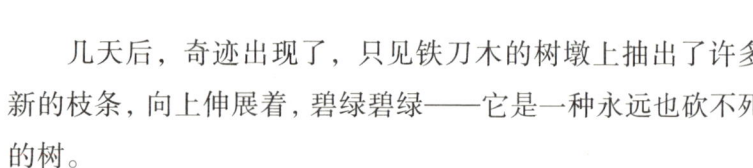

　　几天后，奇迹出现了，只见铁刀木的树墩上抽出了许多新的枝条，向上伸展着，碧绿碧绿——它是一种永远也砍不死的树。

　　望天树的树墩，一天比一天枯朽，上面长满了真菌。

　　从此，在这片林子里，人们再也见不到望天树的高大身影了，矮小的铁刀木却充满活力。

爬得很高的牵牛花

一株柳树被虫蛀空了身体，大风将它拦腰折断。然而，它仍坚强地活着。

第二年春天，它的残躯上抽出了新芽。新芽饮着雨露，沐着阳光，长成了袅袅娜娜的柳丝。

牵牛花从它的脚下钻出来，伸展柔软的身姿，紧紧地缠绕着它往上爬。

柳树皱着眉头呵斥："你这讨厌的小东西！为什么要缠着我呀？"

牵牛花掏出一个小喇叭，哇啦哇啦地吹了一气说："尊敬的柳树老前辈，您多么坚强，多么挺拔，多么令人肃然起敬啊！我最崇敬的就是您了！"

柳树听了，心里就像用鹅毛拂了一样舒服。它轻轻摸了摸牵牛花的头，脸上露出得意的笑容。

牵牛花见柳树不再恼怒、反对，便趁机往上爬了爬，掏出第二只小喇叭说："柳树老英雄啊，您真伟大，特别是您宁折不弯的精神，实在太令人敬佩了！我要向您学习，向您致敬，永远做您的弟子！"

柳树陶醉地闭上眼睛，紧紧地把牵牛花搂在怀里，像一位慈祥的老母亲一样搂着自己的孩子，轻轻摇晃着身子。

牵牛花就这样抓紧机会一边吹着喇叭，一边往上爬。不久，它比柳树还高出一头。

骄傲的牵牛花俯视着旁边的一棵幼松说："小伙子，你瞧我爬得多快，爬得多高！"

松树瞥了瞥它挂满喇叭的身子，没有说什么，只是报以轻蔑的一笑。

启　示

　　这则寓言告诉我们，积极向上当然是好的，但要有正确的动机和方法。像牵牛花那样，为了出人头地，依附权势，尽管很可能显赫一时，但终有一天是要垮台的。

蚂蚁看大鳌

古时候，东海深处住着一只大鳌。这只大鳌体形巨大无比，力气也非常大，它能头顶着蓬莱仙山，在浩瀚的大海中自由玩耍。当它飞腾而起时，水柱会喷涌直上，一直冲入云霄；当它潜行海底时，海水会立现巨涡，一直深入海底，这样的壮举简直叫人叹为观止。

离东海很远的地方，有一群整天住在蚁冢上的红蚂蚁，它们每天为了生活忙忙碌碌，从没有见过大世面。可有一只红蚂蚁是个例外，它在一次外出旅行时，听说了这只大鳌的壮举，心中很向往，于是它回来对蚂蚁们说："听说东海有只大鳌，行动时的奇观举世无双，我们也去见识见识吧！"蚂蚁们听了，觉得这确实是个开眼界长见识的好机会，就高兴地答应了。

蚂蚁们经过艰难的长途跋涉，日夜兼程地赶路。这天，它们终于来到了东海边上。它们日等夜盼，只希望能亲眼一睹大鳌的风采。足足等了一个多月，大鳌连一次面也没有露。

蚂蚁们又坚持了几个月，见还是没有什么动静，它们此时也实在等得有些灰心了，就商量着想回去了。正当它们准备离开的时候，突然天昏地暗，刮起了一阵狂风，海面上顿时掀

起了万丈高的巨浪，浪涛相撞的声音如雷鸣一般震人耳鼓。蚂蚁们很是惊恐，但它们旋而兴奋地喊道："要小心哪，恐怕大鳌就要出现了！"

过了几天，风渐渐停息，海水也恢复了以前的宁静。蚂蚁们远远望见海天相接的地方慢慢升起了一座大山，它的顶端已没入了空中的云团，但这座大山貌似很不稳的样子，它有时候向东边飘移，有时候又向西边飘移。

这时候，蚂蚁们禁不住议论纷纷。它们说："跑了这么远的路，又等候了这么多天，原来大鳌也不过如此呀。大鳌头顶仙山就好比我们头顶着米粒；它在海里游动、停息还不是就如同我们在蚁冢里爬行和休息。只不过程度有所不同罢了，也没什么值得大惊小怪的，枉费我们还千里迢迢来看它！"说完，它们就丧气地离开了东海。

启　示

　　蚂蚁们竟然把大鳌惊天动地的壮举和它们微不足道的行为相提并论，实在是盲目自傲。我们做人可不能学蚂蚁，需要多一份虚心，少一份骄傲；多一点上进心，少一点自满自足的惰性。

路边的李树

　　王戎，出身魏晋高门琅琊王氏，他是"竹林七贤"中年龄最小的一位。

　　王戎小的时候就聪明伶俐，遇事爱开动脑筋，仔细分析，先思考好了再动手做。

　　有一次，他和小朋友们一起出去玩。大家打打闹闹的，不知不觉就来到了村外。

　　一个眼尖的孩子忽然发现了什么，抬起手臂指着不远处说道："喂，你们看，那边好像是一棵李子树，上面还结有果实呢！"

　　大家顺着他指的方向跑过去一看，呀，真的是一棵又高又大的李子树，上面结满了熟透的李子，压得树枝都弯了，一个个李子鲜红鲜红的，十分诱人。

　　领头的孩子招呼了一声："喂，快上树去摘李子吃啊，还等什么呀！"

　　大家欢呼着挽起袖子和裤腿，争先恐后地向树上爬去，摘起了李子，用衣襟兜住。

　　可是王戎却站在原地没动，转动着那双水灵灵的大眼睛，

好像在想些什么。

小朋友们都觉得很奇怪，大声问他："王戎，你还待在那里干什么，李子这么多，你快点过来一起摘呀！"

王戎开口说道："你们不觉得有点奇怪吗？这棵李子树就长在路边，果实都熟透了，来往过路的人那么多，却没有多少人去摘，到现在果实还挂满枝头，依我看，这棵李树上结的果子一定是苦的。"

小朋友们将信将疑地拿起刚摘下的李子尝了尝，马上就都"呸呸"地吐了出来，这李子果真又苦又涩，难吃极了。于是，大家都对王戎佩服得五体投地。

启 示

　　这则寓言告诉我们，在面对新鲜的诱惑时，千万不要贪图唾手可得的利益，应该冷静地分析，作出正确的判断。

人穷志不短

春秋时期，吴国贵公子季札生性高洁，以自己的尊贵身份为傲。一日，他独自在山林间游玩，忽然看到山腰小道正中躺着一串铜钱，他料想这一定是过往行人不小心遗失的。他正想俯身拾起，突然想到自己身份尊贵，怎么可以捡别人掉的钱呢？于是，他站在路旁等着行人经过，好请他们帮忙捡起来。

刚巧，当时正有一个打柴的人担着柴从山林深处走来。季札心想：如果我让这个人把钱捡了去，他一定会十分感激，他挑的那两捆柴还不见得值得这么多钱哩。

等那打柴人走到跟前，季札看见他身上竟然还穿着冬天的皮袄，而眼下正是初夏五月，虽还不十分炎热，但穿着皮袄也足以让人窒息，季札认为这人一定很低贱，让他把钱捡去正好。于是季札言词傲慢地朝打柴人喊道："喂，你快来把地上的钱捡起来。"

打柴人听清季札的言语后，气急败坏，他把镰刀往地上一扔，摆着手，朝季札瞪大眼睛说："你是谁？凭什么居高临下看不起人？我既然能在炎热的夏天穿着皮袄去打柴，难道我会是个贪图钱财的小人吗？"

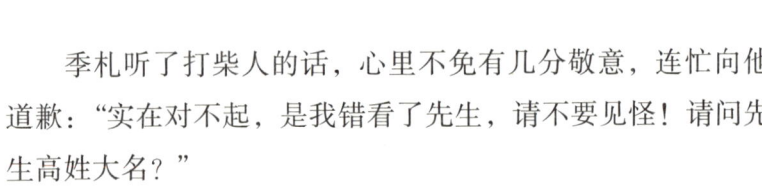

　　季札听了打柴人的话，心里不免有几分敬意，连忙向他道歉："实在对不起，是我错看了先生，请不要见怪！请问先生高姓大名？"

　　打柴人鄙夷地朝季札一瞥道："你这种人见识短浅，生性傲慢，只会从事情表面看问题，还一副盛气凌人的模样，我为什么要对你说出我的姓名呢？"于是，打柴人头都没回，拿起镰刀便走了。

　　季札看着打柴人渐渐远去的背影，感到惭愧不已。

启　示

　　有些人拥有财富与尊贵的身份，于是便高高在上，轻视一切财力和地位不及自己的人。然而，志气与财富、身份是不成正比的，穷人也有穷人的清高和骨气。历史上许多大文豪就视钱财为粪土，甘愿过着清苦高洁的生活。

蛤蟆与晨鸡

在墨子的众多弟子中，有个名叫子禽的，他生性聪慧，酷爱思辨，深得墨子喜爱。

一天，子禽和朋友们聚在一块，边饮酒边聊天。子禽聊得兴致高昂，不免忘乎所以，举杯畅饮起来。几杯酒下肚，子禽已经有些醉意了。借着酒劲，子禽的话语不禁轻狂起来。他自顾自地喋喋不休，友人们越听越讨厌，一个个拂袖而去。子禽酒醒后，回忆自己的行为，感到十分后悔。他实在想不明白多说话究竟是好是坏，于是去向老师墨子请教："尊敬的智者，您认为多说话有什么好处吗？"

墨子听后，沉吟片刻，回答道："你看那生活在水边的蛤蟆、青蛙，还有终日逐臭的苍蝇，它们不分白天黑夜，叫个不停，以此来显示自己的存在。可是，即使它们叫得口干舌燥、肝肺俱裂，也没有谁会去注意它们到底在叫些什么，人们对这些声音早已充耳不闻了。现在你再来看看这司晨的雄鸡，它只是在每天黎明到来的时候按时啼叫，然而，雄鸡一唱天下白，天地都要为之震动，人人闻鸡起舞，纷纷开始新一天的劳作奔波。两相对比，你觉得多说话能有什么好处

呢？只有努力把话说到点子上，准确把握说话的时机和火候，这样才能引起人们的注意，达到预想的效果啊！"

子禽听了墨子的这番教诲，茅塞顿开，频频点头称是。

启　示

　　稍加注意就会发现，现实生活中那些像蛤蟆、青蛙和苍蝇一样的人，他们不顾时间、地点与场合，整日喋喋不休，废话连篇简直让人生厌。这些人应当从这篇寓言中吸取教训，改掉不顾分寸、夸夸其谈的坏毛病，多向司晨的雄鸡学习，尊重规律，顺应时势，恪尽职守，多干实事，少说空话。

不皲手之药

宋国的一个家族在祖先的荫庇下，利用祖传下来的防止冻裂的不皲 (jūn) 手之药，世代以漂洗丝絮为业，每日闻鸡鸣而起，披星尘而归，终日不敢偷懒，尽管这样，也还是过着入不敷出的贫苦日子。他们每日长吁短叹，苦不堪言。

有位远道而来的客人，听说有不皲手之药的秘方，愿以百金求购。百金购买？这可是天上掉馅饼的好事，万万不可放过！不皲手之药的主人动心了。但想到祖传的秘方要卖出去，也是件大事，于是集合家族成员一起商讨秘方转让之事。家主舌灿莲花，言辞恳切，觉得机不可失，失不再来。大家七嘴八舌一番议论后，最后总算统一了思想：祖祖辈辈只懂得漂洗丝絮，收入太少，今天一旦出售药方，可以获取大笔金钱，还可另谋出路，何乐而不为？于是全体成员一致同意把药方卖出去。

客人得到秘方以后，深思熟虑，心得一计，立即奔赴吴国，对吴王说："今后将士在寒冬打仗，再也不用为冻手犯难了，这样可大大提高贵国的战斗力。"

不久，越国大军压境，吴国告急，吴王委任此人统帅大军。此时正值严冬，吴越两军又是进行水战，战士饱含皲手之

苦。由于吴军将士涂抹了不皲手之药，战斗力特别旺盛，因而大胜越军。班师回朝后，吴王大喜过望，颁诏犒赏三军，同时视献药之人为智勇双全的统帅，割地封赏以资嘉奖。

启　示

　　同样的事物，放在不同人的手中，功用却有着天壤之别，宋国的那个家族只懂得用不皲手之药防止漂洗丝絮时手部皲裂，全家生活贫苦。而"客人"却将之用以作战，大获全胜，受封恩宠。由此可见，同样的事物，只要使用方法、使用对象加以改变，结果就大相径庭。"金子"要发光，还需要有识货之人；一味地墨守成规，不加改变，又怎么能幻想从此天壤之别，改变命运。

不吃鸡蛋

　　从前有个南方人，从来不吃鸡蛋。一次，他出远门到北方。在路上走得累了，肚子也咕咕直叫，他就进了一家小店坐下，想叫些东西吃。

　　店里的伙计一看有客人来了，忙过来招呼，殷勤地边擦桌子边问："请问您想吃些什么？"

　　这个南方人第一次来北方，对北方的菜很不熟悉，就随便说："把您店里做得最拿手的菜上一盘吧。"

　　伙计应道："本店的木樨肉做得可拿手了，您可以尝一尝。"

　　不一会儿，菜端上来了，南方人一看，里面有自己不吃的鸡蛋，可他又怕如果说出来，别人会嘲笑自己无知，就不愿明说，只是问道："还有别的什么招牌菜吗？"

　　伙计说："还有摊黄菜，那可是本店的招牌菜呀！"

　　南方人心里嘀咕：摊黄菜是什么玩意儿？先要了再说吧。只是菩萨保佑，千万别再有鸡蛋呀！他便说道："既然是招牌菜，那就来一盘吧！"

　　等到菜送来一看，里面仍然还是有自己不吃的鸡蛋。不好再推了，他只好说："菜是不错，可惜我肚子挺饱的，不想

吃东西。"

他的仆人饿得实在不行，便劝他说："前边的路还很远，不吃的话，待会儿恐怕要挨饿了。"

他于是借机下台说："既然这样，那我们就吃些点心吧。伙计，有好点心吗？"

伙计答道："有窝果子。"

他说："那就多拿几个来吧。"

等到"窝果子"被端上来，他一看不禁傻了眼，里面竟然又有自己不吃的鸡蛋。他心中又羞惭又恼火，再也找不出什么理由了，只得饿着肚子赶路，直走得疲劳不堪。

启　示

　　这则寓言告诉我们，天下的事情很多，人们不可能样样知道。不知道并不可怕，可怕的是不但不承认自己不知道，还硬要假装知道。这样做是学不到任何东西的。

巧退珍珠

一天早上，当铺里走进来一个中年人，他拿着一颗又大又亮的珍珠要典当。掌柜粗略地检查了一番，便给了这个中年人 100 两银子。

中年人接到钱，头也不回，匆匆地走了。

伙计王二看到那人鬼鬼祟祟的样子，建议掌柜仔细检查一下。于是掌柜找来行家帮忙鉴定。经过仔细鉴定，发现珍珠是用琉璃做的。

掌柜十分着急，想着要怎么办？要混在真的珍珠里面的话，那当铺以后的生意就难做了；要是自己承受这样的损失的话，以后要是别人要来赎回，自己要赔偿真的给他，这还真是个不小的数目啊。这可怎么办才好呢？

大家都认为骗子肯定不会回来了。掌柜也是走来走去的，毫无头绪。这时，王二说："别着急，我有办法让他自己送上门来。"

他走到掌柜的身边，悄悄地将计划说了一遍。掌柜听后，连连摆手说不行，可是却也想不出更好的办法，最后，勉强点了点头。

第二天，当铺宴请全城的同行聚会。当大家正在高谈阔论时，王二端过来一个匣子。他指着里面的珍珠说："各位师傅，我家掌柜由于一时疏忽，收了一颗假珍珠，你们以后可千万别上当！既然是假的，留它何用？"说完，他把假珍珠狠狠地摔碎了。

这件事很快就传遍了全城。

过了几天，那人果然来赎珠了。掌柜正在心里埋怨王二摔了珍珠时，王二笑眯眯地拿出一个盒子，里面装的正是那人的"珍珠"。

那人顿时傻眼了，乖乖地按规定连本带利拿出了 120 两

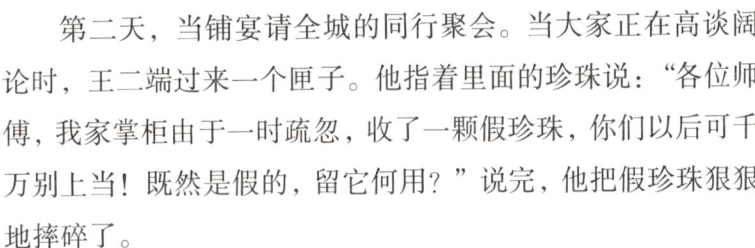

银子。

原来，王二摔碎的"珍珠"是他叫人仿制的，而骗子的假珍珠还原封不动地保留着。

启　示

骗子想用假珍珠骗钱，而却没有想到反搭上了20两银子。伙计王二牢牢地把握住了骗子想占便宜的心理，运用智慧，巧妙地退掉了假珍珠。我们在生活当中，也要做一个有心人，凡事要多加考虑，防止上当受骗。

滥竽充数

古时候，齐国的国君齐宣王爱好音乐，尤其喜欢听吹竽，手下有 300 个善于吹竽的乐师。

齐宣王喜欢热闹，爱摆排场，总想在人前显示做国君的威严，所以每次听吹竽的时候，总是叫这 300 个人在一起合奏给他听。

有个南郭先生听说了齐宣王的这个癖好，觉得有机可乘，是个赚钱的好机会，就拜见齐宣王，吹嘘说："大王啊，我是个有名的乐师，听过我吹竽的人没有不被感动的，就是鸟兽听了也会翩翩起舞，花草听了也会合着节拍颤动，我愿把我的绝技献给大王。"

齐宣王听得高兴，不加考察，痛快地收下了他，把他也编进那支 300 人的吹竽队中。

从此，南郭先生就随那 300 人一块儿合奏给齐宣王听，和大家一样拿优厚的薪水和丰厚的赏赐，心里得意极了。

其实南郭先生撒了个弥天大谎，他压根儿就不会吹竽。每逢演奏的时候，南郭先生就捧着竽混在队伍中，人家摇晃身体他也摇晃身体，人家摆头他也摆头，脸上装出一副动情忘我的

样子，看上去和别人一样吹奏得挺投入，还真瞧不出什么破绽来。南郭先生就这样靠着蒙骗混过了一天又一天，不劳而获地白拿薪水。

可是好景不长，过了几年，爱听竽合奏的齐宣王死了，他的儿子齐湣（mǐn）王继承了王位。

齐湣王也爱听吹竽，可是他和齐宣王不一样，认为300人一块儿吹实在太吵，不如独奏来得悠扬。于是齐湣王发布了一道命令，要这300个人好好练习，做好准备，他将让300人轮流来一个个地吹竽给他欣赏。

乐师们知道命令后都积极练习，想一展身手，只有那个滥竽充数的南郭先生急得像热锅上的蚂蚁，惶惶不可终日。他想

来想去，觉得这次再也混不过去了，只好连夜收拾行李逃走了。

南郭先生是一个混饭吃的典型。他不学习，不劳动，靠欺骗过日子。这样的人虽然也能蒙混一时，但迟早要露出马脚。这则寓言告诉我们，人应该诚实劳动，虽然每个人的能力有大有小，但只要是尽了力，就会受到尊敬。

玉器和瓦罐

韩昭侯是战国时期韩国的国君。在战国七雄中，韩国最弱小。韩昭侯在位期间任用申不害主持国政，使韩国逐渐兵强国治。

可是，韩昭侯有一个不好的习惯，就是平时说话不太注意，往往在无意间将一些重大的机密事情泄露了出去，使得大臣们周密的计划不能实施。大家对此很伤脑筋，却又不好直言告诉韩昭侯。

有一位叫堂谿公的聪明人，自告奋勇到韩昭候那里去，对韩昭侯说："假如这里有一只玉做的酒器，价值千金，它的中间是空的，没有底，它能盛水吗？"

韩昭侯说："不能盛水。"

堂谿公又说："有一只瓦罐，很不值钱，但它不漏，你看，它能盛酒吗？"

韩昭侯说："可以。"

于是，堂谿公因势利导，接着说："这就是了。一个瓦罐虽然值不了几文钱，非常低廉，但因为它不漏，却可以用来装酒；而一个玉做的酒器，尽管它十分贵重，但由于它空而无

底，因此连水都不能装，更不用说人们会将可口的酒水倒进里面去了。"

他看韩昭侯点了点头，于是接着说："人也是一样，作为一个地位至尊、举止至重的国君，如果经常泄露与臣下商讨的有关国家机密的话，那么他就好像一件没有底的玉器。即使再有才干的人，如果他的机密总是被泄露出去，那他的计划就无法实施，因此就不能施展他的才干和谋略了。"

一番话说得韩昭侯恍然大悟。从此以后，凡是要采取重要措施，大臣们在一起密谋策划的计划、方案，韩昭侯都小心对待，慎之又慎，连晚上睡觉都是独自一人，因为他担心自己在熟睡中说梦话时把计划和策略泄露给别人听见，以至于误了国家大事。

启　示

　　这则寓言告诉我们，有智慧的人善于说话，能从日常生活中的小事引出治国安邦的大道理；能够虚心接受意见、不唯我独尊的人，才是明智的领导者。

挥斧如风

有一次，庄子在给一个朋友送葬的时候，路过惠施（战国时一位有名的哲学家，庄子的好朋友）的墓地，伤感之情油然而生。

为了缅怀这位曲高和寡不同凡响的朋友，他回过头去给同行的人讲了下面的故事。

在楚国的都城郢地，有这样一个泥水匠。有一次，他在自己的鼻尖上抹了一层像苍蝇翅膀一样又薄又小的白灰，然后请自己的朋友、一位姓石的木匠用斧子将鼻尖上的白灰砍下来。石木匠点头答应了。只见他毫不犹豫地抡起斧头，一阵风似的向前挥去，一眨眼工夫就削掉了泥水匠鼻尖上的白灰。石木匠挥斧，看起来十分随意，却丝毫没有伤着泥水匠的鼻子；泥水匠呢，面对挥来的斧子也真算是胆大，他稳稳当当地站在那里，泰然自若。

倒是在一旁观看的人，受了不小的惊吓，为他们捏了一把冷汗。

后来，这件事被宋元君知道了。宋元君十分佩服这位木匠的高超技艺，便派人把他找了去。

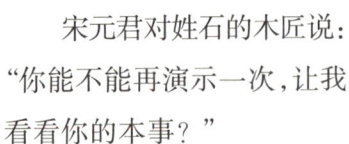

宋元君对姓石的木匠说："你能不能再演示一次，让我看看你的本事？"

木匠摇摇头说："小人的确曾经为朋友用斧头砍削过鼻尖上的白灰。但是现在不行了，因为我的这位好朋友现在已不在人世了，我再也找不到像他那样跟我配合默契的人了。"

庄子讲完了故事，十分伤感地看着惠施的坟墓，长叹了一口气，然后自言自语地说："自从惠施先生去世以后，我也失去了与我配合的人，直到现在，我再也没有能够找到一位与我进行辩论的人了！"

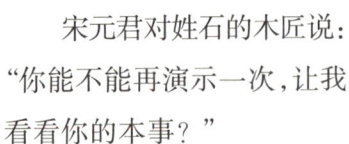
启　示

这则寓言告诉我们，高深的学问和精湛技艺的产生，依赖于一定的外部环境。一个人如果不注意从周围的人和事中吸取营养，他的智慧和技巧是难以得到发挥与施展的。

画蛇添足

有个楚国贵族，在祭祀过祖宗后，把一壶祭酒赏给门客们喝。

门客们拿着这壶酒，不知该如何处理。他们觉得，这么多人喝一壶酒，肯定不够，还不如干脆给一个人喝，喝得痛痛快快还好些。可是到底给谁好呢？

门客们互相商量说："这壶酒大家都来喝则不够，一个人喝则有余。不如咱们各自在地上比赛画蛇，谁先画好，谁就喝这壶酒。"大家都同意这个办法。

门客们一人拿一根小棍，开始在地上画蛇。有一个人画得很快，不一会儿，他就把蛇画好了，于是他把酒壶拿了过来。

他正要喝酒时，看见其他人还没把蛇画完，便十分得意地又拿起小棍，自言自语："看我再来给蛇添上几只脚，他们也未必能画完。"他边说边给画好的蛇画脚。

不料，这个人还没画完，手上的酒壶便被旁边一个人一把抢了过去，原来，那个人的蛇画完了。

这个给蛇画脚的人不同意，大声说："我最先画完蛇，酒应该归我喝！"

那个人笑着说："你到现在还在画，而我已完工，酒当然是我的！"

画蛇脚的人争辩说："我早就画完了，现在是趁时间还早，不过是给蛇添几只脚而已。"

那人说："蛇本来就没有脚，你要给它添几只脚那你就添吧，反正你是喝不成酒了！"

说完，他毫不客气地喝起酒来。那个给蛇画脚的人眼巴巴看着本属自己而现在已被别人拿走的酒，后悔不已。

启　示

　　这则寓言告诉我们，做任何事情都要切合实际，不要做那些多余的事情。有些人自以为是，喜欢节外生枝，卖弄自己，结果往往弄巧成拙，不正像这个画蛇添足的人吗？

割席断交

管宁和华歆（xīn）在年轻的时候，是一对非常要好的朋友。他俩成天形影不离，同桌吃饭、同榻读书、同床睡觉，相处得很和谐。

有一次，他俩一块儿去劳动，在菜地里锄草。两个人努力干着活，顾不得停下来休息，一会儿就锄好了一大片地。

只见管宁抬起锄头，一锄下去，"铛——"锄头碰到了一个硬东西。管宁感到很奇怪，将锄到的一大块泥土翻了过来。黑黝黝的泥土中，有一个黄澄澄的东西闪闪发光。管宁定睛一看，是块黄金，他就自言自语地说了句："我当是什么东西呢，原来是锭金子。"接着，他不再理会了，继续锄他的草。

"什么？金子！"不远处的华歆听到了，不由得心里一动，赶紧丢下锄头跑了过来，拾起金块捧在手里仔细端详。

管宁见状，一边挥舞着手里的锄头干活，一边责备华歆说："钱财应该用自己的辛勤劳动去获得，一个有道德的人不应该贪图不劳而获的财物。"

华歆听了，嘴上说："你说的道理我也明白。"手里却还捧着金子左看看、右看看，怎么也舍不得放下。

后来，他实在被管宁的目光盯得受不了了，才不情愿地丢下金子回去干活。可是他心里还在惦记金子，干活也没有先前努力，还不住地唉声叹气。

管宁见他这个样子，不再说什么，只是暗暗地摇头。

又有一次，他们两人坐在一张席子上读书。正看得入神，忽然外面传来鼓乐之声，中间夹杂着鸣锣开道的吆喝声和人们看热闹吵吵嚷嚷的声音。于是管宁和华歆就起身走到窗前，去看究竟发生了什么事。

原来是一位达官显贵乘车从这里经过。一大队随从佩戴着武器、穿着统一的服装前呼后拥地保卫着车子，威风凛凛。再看那车饰更是豪华：车身雕刻着精巧美丽的图案，车上蒙着的车帘是用五彩绸缎制成，四周装饰着金线，车顶还镶了一大块翡翠，显得富贵逼人。

管宁看后，不以为然，又回到原处捧起书专心致志地读起来，对外面的喧闹完全充耳不闻，就像什么都没有发生一样。

华歆却刚好相反，他完全被这种张扬的声势和豪华的排场吸引住了。他干脆扔下书急急忙忙跑到大街上，跟着人群一起尾随在车队后面细细地欣赏。

　　管宁目睹了华歆的所作所为，再也抑制不住心中的叹惋和失望。等到华歆回来以后，管宁就拿出刀子当着华歆的面把席子从中间割成两半，痛心而决绝地宣布："我们两人的志向和情趣太不一样了。从今以后，我们就像这被割开的草席一样，再也不是朋友了。"

启　示

　　这则寓言告诉我们，真正的朋友，应该建立在共同的思想基础和奋斗目标上，一起追求、一起进步。如果没有内在精神的默契，只有表面上的亲热，这样的朋友是无法真正沟通和理解的，也就失去做朋友的意义了。

德比才重要

阳虎，又名阳货，春秋时期鲁国人。作为季氏的家臣，阳虎一度掌握鲁国的实权。

阳虎有许多学生，为官的比比皆是。当他在鲁国失势后，遭到官府通缉，他四处逃避，先跑到齐国，最后逃到北方的晋国，投奔到赵简子门下。

看见阳虎失魂落魄的样子，赵简子问他："你怎么变成这个样子呢？"

阳虎伤心地说："从今以后，我发誓再也不培养人了。"

赵简子问："这是为什么呢？"

阳虎懊丧地说："许多年来，我辛辛苦苦地培养了那么多人才，直至在当朝大臣中，经我培养的人已超过半数；在地方官吏中，经我培养的人也超过半数；那些镇守边关的将士中，经我培养的同样超过半数。可是没想到，就是由我亲手培养出来的人，他们在朝廷做大官的，离间我和君王的关系；做地方官吏的，无中生有地在百姓中败坏我的名声。"

阳虎越说越气愤："更有甚者，那些领兵守境的，竟亲自带兵来追捕我。想起来真让人寒心哪！"

赵简子听了，深有感触。他对阳虎说："只有品德好的人才会知恩图报；那些品质差的人是不会这么做的。你当初在培养他们的时候，没有注意挑选品德好的加以培养，才落得今天这个结果。"

赵简子递了一杯茶给阳虎，接着说："比方说，如果栽培的是桃李，那么，除了夏天你可以在它的树荫下乘凉休息外，秋天还可以收获那鲜美的果实；如果你种下的是蒺藜呢，不仅夏天乘不了凉，到秋天你也只能收到扎手的刺。在我看来，你所栽种的，都是些蒺藜呀！所以你应记住这个教训，在培养人才之前就要对他们进行选择，否则等到培养完了再去选择，就已经晚了。"

阳虎听了赵简子一番话，点头称是。

启　示

　　这则寓言告诉我们，人的品德比才能更重要，因此应有选择地培养人才，不可良莠不分。

智诲小偷

东汉时期，有个叫作陈寔（shí）的人，是个饱学之士，品行端正，远乡近邻都非常敬重他。陈寔不仅自己自觉自律，对儿孙们的要求也相当严格，常常抓住各种场合和机会教育他们，而且很注意方法，所以总能收到比较好的效果。

有一年洪水泛滥，淹没了大片村庄和良田，成千上万的人无家可归，到处逃荒。为此盗贼四处横行，天下很不太平。

一天夜里，有个小偷溜进了陈寔家里，刚准备动手偷东西，忽然听到几声咳嗽，知道有人来了。慌乱间，小偷一时找不到藏身之处，情急之下顺着屋内的柱子爬到大梁上伏下身子，大气也不敢喘。

陈寔提着灯从里屋出来拿点东西，偶然间一抬头，瞥见了梁上的一片衣襟，便知道家里进来小偷了。可是，他一点都不惊慌，也不急着抓小偷，而是叫用人把晚辈们全都叫起来，将他们召集到外屋，然后十分严肃地说道：

"孩子们啊，品德高尚是我们为人的根本。在任何情况下，我们都应该严格要求自己，不能够因为任何借口而放纵自己、走上邪路。有些坏人，并不是一出娘胎就是天生的坏人，而是因为不能严格要求自己，慢慢地养成了不好的习惯，后来想改都改不过来了，这才沦为了坏人。比如我家梁上的那位君子，就是这种情况。我们可不能因为一时的贫困而丢掉志气、自甘堕落啊！"

听了陈寔的一番教诲，梁上的小偷吃了一惊：原来自己早就被发现了。同时他又很为陈寔的话所感动，他不但没抓自己反而耐心教育自己。小偷羞愧难当，就翻身爬下梁来，向陈寔磕头请罪说："您说得太有道理了。我错了，以后再也不干这种勾当，求您宽恕我吧。"

陈寔和蔼地回答："看你的样子，并不像个坏人，想来也是被贫穷所逼吧。好好反省一下，现在改还来得及。"

说完，他又吩咐家人取来几两银子送给小偷。小偷感激涕零，千恩万谢地走了。

从这以后，这一带就几乎再没有偷盗之类的事情发生了。

启　示

　　陈寔不失时机地给小偷和晚辈们上了一堂生动的德育课，也启发了我们，工作方法不要简单、粗暴，要分析事物的本质，对犯了错误的人立足于挽救，往往能够收到比较好的效果。

丑妇效颦

　　春秋时期，越国有一位美女名叫西施。那时，越国称臣于吴国，越王勾践卧薪尝胆，图谋复国。在国难当头之际，西施忍辱负重，以身许国，与郑旦一起由越王勾践献给吴王夫差，成为吴王最宠爱的妃子，把吴王迷惑得众叛亲离，无心于国事，为勾践的东山再起起了掩护作用，后来，吴国终被勾践所灭。

　　西施与王昭君、貂蝉、杨玉环并称为中国古代四大美女，其中西施居首，是美的化身和代名词。她的美貌简直到了倾国倾城的程度。无论是她的举手投足，还是她的音容笑貌，样样都惹人喜爱。西施略化淡妆，衣着朴素，走到哪里，哪里就有很多人向她行"注目礼"，没有人不惊叹她的美貌。

　　西施患有心口疼的毛病。有一天，她在外出游玩时，突然心口疼的病又犯了。只见她手捂胸口，双眉皱起，很痛苦的样子，同时流露出一种娇媚、柔弱的女性美。当她从乡间走过的时候，乡里人无不睁大眼睛注视。

　　乡下有一个丑女人，不仅相貌难看，而且没有修养。她平时动作粗俗，说话大声大气，却一天到晚做着当美女的梦。

今天穿这样的衣服，明天梳那样的发式，却仍然没有一个人说她漂亮。

这一天，她看到西施捂着胸口、皱着双眉的样子，竟博得这么多人的青睐，因此回去以后，她也学着西施的样子，手捂胸口、紧皱眉头，在村里走来走去。这个女人本来相貌就难看，如此一般矫揉造作的模仿，使她显得更加难看了。乡间的富人看见丑女人的怪模样，马上把门紧紧关上；乡间的穷人看见丑女人走过来，马上拉着妻子、带着孩子远远地躲开。

人们见了这个怪模怪样、模仿西施心口疼在村里走来走去的丑女人，简直像见了瘟神一般。

启　示

　　这个丑女人只知道西施皱眉的样子很美，却不知道她为什么很美，而去简单模仿她的动作，结果反被人讥笑。可见，盲目模仿别人的做法是愚蠢的。

朝三暮四

　　宋国有一个人叫狙公，十分喜爱猕猴。为了观赏这种似人非人、富有灵性的动物，他专门喂养了一群猕猴。狙公与猕猴相处久了，人、猴之间的沟通越来越容易。不仅狙公可以从猕猴的一举一动和喜怒哀乐中看出这种动物的欲望，猕猴也能从狙公的表情、话音和行为举止中领会他的意图。

　　虽然狙公节制着家人的消费，把省下来的钱拿来买食物给猕猴吃，但猕猴的数量实在太多，而狙公家并非十分富裕的家庭，所以时间一长，食物供给便成了一个大难题。

　　猕猴这种动物不像猪、羊、鸡、犬，吃不饱时仅仅只是哼哼叫叫，或者外出自由觅食。对于猕猴，如果不提供良好的待遇，它们会像一群顽皮的孩子，经常闹一些恶作剧。想让它们安分守己是办不到的。

　　既然没有条件让猕猴吃饱，又不能让它们肆意捣乱，狙公只好想办法去安抚它们。狙公家所在的村子旁边，有一棵高大的栎树。每年夏天，栎树枝杈上长出的密密麻麻的长圆形树叶，把树冠装点得像一顶华盖。这棵树下成了人们休息、纳凉的好地方。一到秋天，栎树上结满了一种猕猴爱吃的球形坚果橡子。在口粮不足的情况下，用橡子去给猕猴解馋充饥是个好办法。于是狙公对猕猴说："今后你们每天饭后，另外再吃一些橡子。你们每天早上吃三粒，晚上吃四粒，这样够不够？"

　　毕竟人与动物间沟通还是存在问题，猕猴只听懂了狙公前面说的一个"三"。一个个立起身子，对着狙公叫喊发怒。它们嫌狙公给的橡子太少。

　　狙公见猕猴不肯驯服，就换了一种方式说道："既然你们嫌我给的橡子太少，那就改成每天早上给四粒，晚上给三粒，这样总够了吧？"

　　猕猴把狙公前面说的一个"四"当成全天多得了橡子，所以马上安静下来，眨着眼睛，挠着腮帮，露出高兴的神态。

启　示

　　一群辨不清"朝三暮四"和"暮四朝三"孰多孰少的愚蠢的猕猴，恰似那些没有头脑、只会盲目计较的人的一面镜子。从而，我们也应该认识到，在复杂的客观世界面前，看问题必须摒除实同形异的假象的诱惑。此外，在人际关系中，一定要讲原则、重信义，不做那种朝亲"三"，暮近"四"的见异思迁之人。

曾 子 杀 猪

有一天，曾子的妻子要去赶集，孩子哭着叫着要和母亲一块儿去。于是母亲骗他说："乖孩子，待在家里等娘，娘赶集一会儿就回来。你不是爱吃酱汁烧的蹄子、猪肠炖的汤吗？我回来以后杀了猪就给你做。"

孩子信以为真，一边欢天喜地地跑回家，一边喊着："有肉吃了，有肉吃了。"

孩子一整天都待在家里等母亲回来，村子里的小伙伴来找他玩，他都拒绝了。他靠在墙根下一边晒太阳一边想象着猪肉的味道，心里甭提多高兴了。

傍晚，孩子远远地看见母亲回来了，他一边三步并作两步地跑上前去迎接，一边喊着："娘，娘快杀猪，快杀猪，我都快要馋死了。"

曾子的妻子说："一头猪顶咱家两三个月的口粮呢，怎么能随随便便就杀猪呢？"

孩子"哇"的一声就哭了。

曾子闻声而来，知道了事情的真相以后，二话没说，转身就回到屋子里。过一会儿，他举着菜刀出来了。曾子的妻子

吓坏了，因为曾子一向对孩子非常严厉，以为他要教训孩子，连忙把孩子搂在怀里，哪知曾子却径直奔向猪圈。

妻子不解地问："你举着菜刀跑到猪圈里干啥？"

曾子毫不思索地回答："杀猪。"

妻子听了扑哧一声笑了："不过年不过节的，杀什么猪呢？"

曾子严肃地说："你不是答应过孩子要杀猪给他吃的，既然答应了就应该做到。"

妻子说："我只不过是哄哄小孩子，何必当真呢？"

曾子说："在小孩面前是不能撒谎的。他们年幼无知，经常从父母那里学习知识，听取教诲。如果我们现在说一些欺骗他的话，等于是教他今后去欺骗别人。虽然做母亲的一时能哄得过孩子，但是过后他知道受了骗，就不会再相信你的话。这样一来，你就很难再教育好自己的孩子了。"

曾子的妻子觉得丈夫的话很有道理，于是心悦诚服地帮助曾子杀猪去毛、剔骨切肉。没过多久，曾子的妻子就为孩子做好了一顿丰盛的晚餐。

启 示

这则寓言告诉我们，对孩子也应言而有信，诚实无诈，身教重于言教。做父母的人，都应该像曾子那样讲究诚信，用自己的行动做表率，去影响自己的子女。

本领不分大小

公孙龙是个有学问的人，他手下有不少弟子，个个身怀技艺，各有一套本领。公孙龙在赵国的时候，曾对他的弟子们说："我喜欢有学识、有本领的人，那些没有本领的人，我不愿和他交朋友或收他为弟子。"

有个人听说公孙龙是一个饱学之士，便前来求见，要求公孙龙收他做弟子。公孙龙见那人相貌平平，穿戴粗布衣帽，便问："我不结交没有本领的人，不知你有什么本领。"

那人说："大的本事我没有，可我有一副好嗓门，我能喊出很大的声音，人站在很远的地方也能听到。很少有人能像我一样。"

公孙龙回过头问他的弟子们："你们中间有没有嗓门很大的人？"

弟子们争相回答："我们嗓门都不小。"说着，他们还用眼斜瞟着那个前来求见的人，露出一种不屑的眼神。

那人说："我喊出的声音，非常人可比。"

公孙龙很感兴趣地说："那你们比试比试。"

于是弟子们推选了他们之中嗓门最大的一个当代表，与

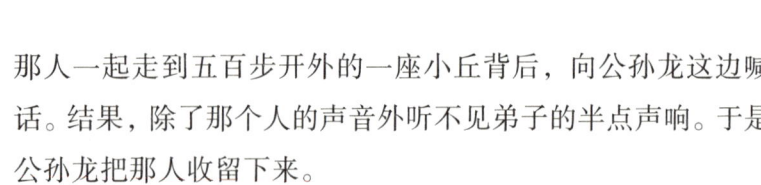

那人一起走到五百步开外的一座小丘背后，向公孙龙这边喊话。结果，除了那个人的声音外听不见弟子的半点声响。于是公孙龙把那人收留下来。

弟子们见老师已收下那人，不好多说什么，只是暗暗地讥讽："我们都是斯文人，老师又不用一天到晚跟别人吵架，要那么大嗓门干什么呢？这算是什么本领啊。"弟子们都不以为然。

过了不久，公孙龙到燕国去见燕王，他带着弟子们上路了。走了一段，不料碰到一条很宽的大河。可是河的这一边见不到船，远远望去，河对岸却停着一只小船，艄公蹲在船尾正无事可干。

公孙龙马上吩咐那个刚收留的大嗓门弟子去喊船。那弟子双手合成喇叭状，放开嗓子大喊一声："喂——要船啦——"喊声亮如洪钟，直达对岸，那对岸船上的艄公站起身来，喊声的余音还在河两岸回响，慢慢传到很远很远的地方。

对岸那只船很快摇了过来，公孙龙一行人上了船，原先那些不以为然的弟子深深佩服老师及那位新来的朋友。

启　　示

　　这则寓言告诉我们，本领不分大小，只要是本领，总有用处。我们不应该排斥或看不起小本领，在关键时刻，小本领也能派上大用场。

盲人坠桥

　　一个盲人过桥的时候，不慎把脚踩出了桥面。他身体一倾，几乎栽倒在桥下。幸好桥栏杆上的横木挡了他一下，他用双手抓住了栏杆，而身体却悬在半空中。

　　盲人以前曾不止一次在这座桥上走过，尤其是在那春雨过后、山洪暴发的日子，他过桥时听到桥下"哗哗"的流水声，真有点毛骨悚然、胆战心惊。

　　可是这一次盲人过桥，正值秋高气爽、小河断流的季节。一般人过桥看得见桥下干涸的河床，走在桥上有走旱路的感觉。然而盲人却没法看到河中的情形，他凭以往的经验判断，认为桥下必定是水流湍急的深渊。因此，他失脚以后使出了浑身的力气抓住桥栏杆不放，一边奋力挣扎着试图爬上桥去，一边急切地希望得到他人的救助。

　　当时从桥上经过的人，看到盲人抓着桥栏杆有惊无险、盲目恐慌的情景，既好笑又怜悯地指点他："不用害怕，你现在双脚离地不远，松手就可以着地。"

　　盲人不相信这话。他心里想：这些人心肠真是歹毒，不救我就算了，还要我松手掉下去，太过分了。想到这里，他不

禁绝望地大哭起来。

不一会儿，盲人力气耗尽，两手一滑，身体坠了下去。

出乎盲人想象的是，他还没有来得及感受空中失重、失魂落魄的落河悲哀，顷刻之间双脚就触到了地，以至于他落地以后，身体踉跄了一下才站稳了脚跟。

原来这桥下真如那路人说的一样，一点水都没有。盲人这才松了一口气。他有点不好意思地笑着说："早知道这桥不高，下面没有水，我就不用吊在栏杆上吃苦头了。"

南辕北辙

　　战国后期，一度称雄天下的魏国国力渐衰，可是国君魏王仍想出兵攻打赵国。谋臣季梁本已奉命出使邻邦，听到这个消息，立刻半途折回，风尘仆仆地赶来求见魏王，劝阻伐赵。

　　季梁为了打动魏王，来了个现身说法，以自己的经历，讲了南辕北辙的故事：

　　"有一个人，从魏国到楚国去。他带上很多盘缠，雇了上好的车，驾上骏马，请了驾车技术精湛的车夫，上路了。楚国在魏国的南面，可这个人不问青红皂白让车夫赶着马车一直向北走去。

　　"我问他的车到底是要往哪儿去，他大声回答：'我要到楚国去！'

　　"我告诉他：'到楚国去应往南方走，你这是在往北走，方向不对。'

　　"那人满不在乎地说：'没关系，我的马跑得快着呢！'

　　"我着急地拉住他的马，阻止他说：'方向错了，你的马再快，也到不了楚国呀！'

　　"那人依然毫不醒悟地说：'不要紧，我带的路费多着呢！'

"我又劝他说：'虽说你路费多，可是你走的不是那个方向，你路费多也只能白花呀！'

"那个一心只想着要到楚国去的人有些不耐烦地说：'这有什么难的，我的车夫赶车的本领高着呢！'

"无奈之下，我只好松开拉住马的手，眼睁睁地看着那个盲目上路的魏国人走了。"

说到这儿，季梁把话锋一转，说："而今，大王要成就霸业，一举一动都要取信于天下，方能树立权威，众望所归；如果仗着自己国家大、兵力强，动不动就进攻别的国家，这样就不能建立威信。这就像那个要去南方的人朝北走一样，只能离成就霸业的目标越来越远！"

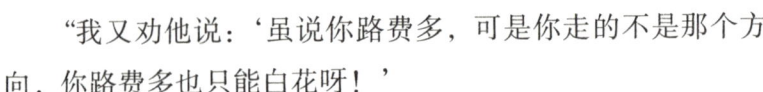

　　那个魏国人不听别人的指点劝告，仗着自己的马快、钱多、车夫好等优越条件，朝着相反方向一意孤行。他只会离要去的地方更远，因为他的大方向错了。这则寓言告诉我们，无论做什么事，首先要看准方向，才能充分发挥自己的有利条件；如果方向错了，那么有利条件只会起到相反的作用。

鲁人酿酒

传说很久以前，鲁国人不会酿酒，他们听说中山国的人不仅会酿酒，而且酿出的酒味道醇厚、酒香浓郁，就去中山国讨教酿酒的方法。

中山国的人说："这是我们祖上传下来的秘方，不能随便向外人泄露。"

一个鲁国人见中山国的人不肯传授酿酒技术，心想：酿酒有那么难吗？我自有办法酿出好酒来。

有一天，这个鲁国人到一个中山国的人家里去喝酒，酒意正浓时，他乘人不注意悄悄溜进了主人家的厨房，偷偷地拿走了酿酒的酒糟。

回到家后，这个鲁国人自己酿了酒，又将偷回来的酒糟泡在酒里，心想：这酒泡过之后，酒味肯定与中山人酿的酒有一样的味道了，也一样好喝了。

过了些日子，他觉得酒已经泡得差不多了，就拿出来请邻居们品尝。邻居们喝过之后，觉得和原来的鲁国酒的味道的确不同了，似乎有点儿像中山国的人酿的酒。于是，大家交口称赞："你真厉害，居然能自己悟出中山国的人酿酒的技术，真是了不起！"

这个鲁国人听了，心里很得意。

从这以后，这个鲁国人逢人就说："中山国的人以为保守酿酒秘方，别人就酿不出好酒了吗？我现在不是酿出了同样香醇可口的酒了吗？他们总是以为自己酿的酒天下第一，真是太自以为是了。他们应该自己到我这里来尝一下，就知道天外有天了。"

那个中山国的人并没有因为他挑衅的话真的来品尝酒，更谈不上争辩了。他觉得很没趣。为了能显示一下自己酿酒的技术，他决定去请那位中山国的朋友到家里来做客，指望这位朋友会帮他宣扬一下。

那位朋友如约前来做客，这个鲁国人十分兴奋地告诉这位中山国的朋友，自己如何有本事，酿出的酒如何好喝，并捧出一坛酒请这位朋友品尝。

想不到这位朋友呷呷嘴说："这酒好像我家酒糟的味道，哪里是什么好酒的香味啊！"

启　示

鲁国人费尽心思酿出了自以为得意的酒，还吹嘘自己酿出的酒一定不会比中山国的人酿出的酒差，最后却得到"这酒好像我家酒糟的味道，哪里是什么好酒的香味啊"的评价。这则寓言告诉我们，假东西终究是假的，好东西是不用吹嘘的，所谓"好酒不怕巷子深"就是这个道理。

郭橐驼种树

从前，有一个人很擅长种树，因为他驼背，人们都亲切地喊他郭橐（tuó）驼。郭橐驼不但不生气，反而很高兴地接受了这个名字。

郭橐驼家里祖祖辈辈都种树，因此，有着丰富的种树经验。到了他这一辈，郭橐驼又勤奋好学，树种得就更加好了，他的种树手艺远近闻名。

整个长安城里，不论穷富，想种树的人家很多。富人种树是为了给庭园增添观赏的花草树木，穷人种树为的是摘果子卖钱度日。这样一来，请郭橐驼种树的人络绎不绝。

郭橐驼种的树长得快、长得好，果实更不用说。人们曾经十分注意地观察他种树的一举一动，想发现点儿种树的奥秘，可是看了半天，自己种的树还是不如郭橐驼种的好。为了这个，有人专门拜访他，向他求教："为什么我们种的树不如你种的树呢？能不能把其中的道理讲给我们听听。"

"其实种树没有什么神秘的，不过是要首先了解树的习性，然后按照它的习性去栽培它就行了。比如说，树木的根是需要舒展开的，根据它的这一习性，顺着根须按曲直放好，不要弄掉原来根上的旧土，轻轻地放于土中，均匀地培上土，再适当地压实，使根部不要太透风，以免水分蒸发得太快，这不就行了吗？不会种树的人常常把树苗根须上的土抖掉，也不管根是否已经舒展开，有时根须成团地缠在一起，这样不管不顾地就培上土，种出来的树肯定难活。有的人又太过于细致周到，今天看看树正不正，摇晃一阵，明天扒开土看看活没活，这样树怎么活得了？更别说种得好了。"

　　有人请郭橐驼以种树的道理评论一下政治，希望得到一些启示，郭橐驼想了想，说："我不懂政治，但是有一点我却深有体会，我住的地方在乡下，那里的官吏们今天出告示，明天发号令，让百姓们种好地、织好布、养好鸡鸭，看起来是关心百姓，其实却弄得百姓不得安宁，这和种树似乎同理。"

启　示

　　郭橐驼为什么种树种得好？为什么别人请教他之后，回家按照他教给的办法做，还是不如他做得好？在故事的最后，郭橐驼解开了谜底：做事情要身体力行，不能只做表面的工作，更不能急于求成，要认认真真、扎扎实实地做才行。

不辨真伪

一位叫申屠敦的平民百姓，以打鱼捞虾和采集珍珠为生。一次，他潜到很深的河底，觉得脚下有什么东西硌了他一下，伸手去摸，辨不出是什么东西，便决定把这东西捞上来。

　　申屠敦把那东西从河底的泥沙里抠出来一看，原来是只鼎，鼎的周身涂着金色的漆，上边雕刻着一条腾飞的龙。从斑驳的鼎身可以推断，这是一件远古时期的文物。

　　申屠敦把鼎拿回家，正巧被邻居鲁生看见了。鲁生左看右看，爱不释手，于是，决定自己仿制一个。

　　鲁生请铜匠按照古鼎的样子仿做了一个，用药水泡过之后，埋在后院的地下。过了两年，鲁生把鼎拿出来，经过侵蚀的鼎像真的文物一样。

　　朝廷里有一位官员，很喜欢收集古董文物。鲁生知道后，心想：这是个发迹的好机会，我不妨将这个仿制的鼎献给他，说不定他会给我官做，那荣华富贵就全有了。鲁生决心把鼎献给那位权贵。他来到那人府上，卑躬屈膝地说："听说大人喜欢文物，我把这件祖上传下来的古董献给大人，略表心意。"

　　那位权贵大喜，真的给鲁生封了官，还赏了许多金银财宝给他，鲁生如愿以偿了。

　　一天，那位权贵在家里庆祝寿辰，请了不少宾朋来做客。席间，那位权贵将鼎拿出来展示。大家看了，禁不住大加赞赏，都说大人得了一件稀世之宝。

　　申屠敦刚巧在这家做短工，他到大厅里送酒，当他看到那只仿造的鼎时，说道："大人，我家里也有一只很相似的鼎，但不知大人能否认出哪一个是真的，哪　个是仿制的？"

　　那位权贵和厅堂上的众贵族来宾根本没把一个做粗活的平民百姓看在眼里，随便说道："那把你的拿来看看好了。"

申屠敦从家里取来鼎放在厅堂中，几乎所有的人都不屑一顾地说："这怎么可能是真的呢，一定是假的。"

　　申屠敦摇摇头，叹息着走了。

启　示

　　权贵见到宝贝后，不分真假，便对鲁生封官赏银，而申屠敦拿出真正宝贝却没有人相信。这是为什么呢？因为那位权贵根本就不懂得分辨真伪，同时也是因为他们的以貌取人。我们可不能做这种真假不分、以貌取人的人哟！

妄语害人

古时候，一个村庄里住着一个姓张的人。这个人性情狡诈，对人从不说实话，即使对亲生父母也是鬼话连篇。人们便给他取了个绰号，叫他"鬼火"，意思是他说出的话，就像夜晚坟地里的磷火一样，影影绰绰，时隐时现，捉摸不定。

不了解他的人，如果向他问路或做事，一定会被骗得很惨。那些上过当的人或了解他的人都不相信他的话。

有一天，"鬼火"和父亲到外乡走亲戚，回来的时候，天已经黑下来了，他们只好赶夜路回家。

"鬼火"和他的父亲刚走不远，便迷了路，不知该往哪边走。借着月光看见前边不远处有几个人坐在田埂上说话，"鬼火"便向那几个人打听路："请问诸位，往张庄怎么走啊？"

那几个人用手一指："往北一直走，两个时辰就到了。"

"鬼火"和父亲按照那些人的指点，一直往北走去，走了差不多有两个时辰的时候，发现不对，前边全是庄稼地，根本没有村庄的影子。

正在犹豫不决时，迎面走过来两个人。于是，"鬼火"赶紧向这两个人打听："请问，往张庄怎么走才对？"

那两个人往左边的路一指，说："往这边走，不太远了。"

父子俩又按这两个人的指点往左边的路上走去。没走多远，便陷进了泥沼里。两个人慌了手脚，拼命往外挣扎，结果越陷越深，急得父子二人大叫："救命啊！救命啊！"

这时，父子二人隐隐约约听到身边有人在笑，却看不见人影："哈哈，让你也尝尝谎话骗人的滋味。"

后来，人们在村外的沼泽里捡到了张家父子的鞋和帽子，他们陷入沼泽丢了性命。

启　示

"鬼火"性情狡诈，对人从不说实话，最后，不仅自己因为谎话而送命，还连累自己的父亲也葬身在沼泽里。这则寓言告诉我们，待人要真诚，不能谎话连篇，否则，不仅自己会受到惩罚，就连自己的亲人朋友也会受到伤害。

惊弓之鸟

战国时期，魏国有一位有名的神箭手，名字叫更羸。他有百步穿杨、百发百中的本领，魏王非常欣赏他，也很重用他。

有一天，更羸陪伴魏王在后花园喝酒，他抬头看见从东方徐徐飞来一只大雁。

更羸说："启奏大王，臣不用箭，只需拉响弓弦，就可以让天上的飞鸟跌落下来。"

魏王摇摇头说："这不可能，你在开玩笑吧！你的射箭技术可以高超到这个地步吗？寡人不信。"

更羸一本正经地说："在大王面前说假话，是要犯欺君之罪的。臣怎敢欺骗大王呢？"

魏王还是不相信，什么也没有说，等着更羸射不下大雁再来教训他。

不一会儿，一只大雁从远处飞到近处。更羸摆好姿势，拉满弓。大雁刚飞至二人头顶上空时，更羸猛扣弓弦，只听见一声凌厉的声响后，大雁在空中无力地扑打几下翅膀，便一头栽了下来。

魏王惊奇得不相信自己的眼睛，不禁叫道："啊呀，爱卿的箭术真高超到这种地步吗？即便是后羿再生也自叹不如啊！爱卿真是古今第一人。"

更嬴放下弓说："不是臣箭术高超，而是这只大雁有隐伤，听见弦音便惊落下来了。"

魏王更奇怪了："大雁在天上飞，爱卿怎么知道它有隐伤呢？"

更嬴回答："这只大雁飞得很慢，而且叫声悲哀。据我多年的经验可知，飞得慢，是因为它体内有伤；鸣声悲，是因为它长时间失群。这只大雁因创伤未愈而惊魂未定，一听见凌厉的弦声便惊逃高飞，谁知猛一震动翅膀使旧创迸裂，所以就跌落下来了。"

启　示

　　更羸没有用箭，也把大雁"射"了下来，这是因为那只大雁曾经受过这样的惊吓，惊魂未定，所以才会被"射"了下来。这则寓言告诉我们，自己犯了错，一定要勇敢地面对，否则，即使不被别人发现，自己也会变成"惊弓之鸟"的。

穷和尚和富和尚

　　在四川一个偏远的山区里，有一座庙，庙里有一个穷和尚和一个富和尚。当时，南海是佛教圣地，全国的和尚都把去南海朝圣当作一生的理想。

　　有一天，穷和尚对富和尚说："我想去南海朝圣。"

　　富和尚不敢相信自己的耳朵，问："你想去哪里？"

　　"我想去南海朝圣。"穷和尚认真地重复了一遍。

　　富和尚听了哈哈大笑，问："到南海好几千里呢，你打算怎么去呢？"

　　穷和尚说："带一个水瓶和一个饭钵就行了。"

　　富和尚又笑了，说："我几年前就打算去南海了，但是凭我的钱财和条件到现在还没能办到。你就带着破瓶、破碗就能到南海吗？真是异想天开！"

　　穷和尚没再说什么，第二天就出发了。

　　富和尚在他的屋里，检查了准备好的一个大医药箱，又看看包裹里的几套衣服，自言自语："明天就找人造船。"

　　第二天下雨了。富和尚看着天，说："看来，还得再计划计划，雨雪的天气怎么办呢？唉，等天晴了再说吧。"

去南海的路上确实很艰辛，但是穷和尚早有心理准备。路上，他经常忍饥挨饿，露宿荒野，有时会遇到成群的野兽，有时需要冒着雨雪前行。历经各种艰难困苦，他甚至几次病倒、饿晕，但是始终没有放弃。

一年过去了，穷和尚终于到达了南海，学习了很多佛教知识。两年后，他重返寺庙，成了远近有名的得道高僧，而富和尚还在计划需要几个水手、几个保镖呢。

启 示

同一个愿望，穷和尚实现了，富和尚却没有实现。因为富和尚的计划都是在口头上，根本没有利用当前的时间去积极行动。俗话说"计划跟不上变化"，一切都在变，所以在我们无法预知未来时，所能做的，就是要把握好今天，把握好现在。

苦乐均衡

周国有一位姓尹的有钱人家。尹家的当家人是个非常工于心计的人，这样，尹家的买卖越做越大，家产也越来越殷实。这样的主人当然不会让仆人们有片刻的轻松，从早到晚，仆人们总是有干不完的活儿，整天疲惫不堪。

有一位老仆人，由于工作太忙太累，加上年老体弱，常常是强打精神支撑着，到了晚上，便累得浑身酸痛，倒头便睡。老仆人白天辛苦劳作，身心交瘁，晚上梦见自己不再给人家做仆人了，而是拥有许多财产，许多奴仆在侍候着自己。

一次，老仆人梦见自己当上国王，全国上下都听他的使唤，他身着华贵的服饰，吃着从没吃过的山珍海味，享受着荣华富贵，快乐得如同神仙一般。

老仆人每次都是从美梦中被唤醒，又被催促着去劳作。每当老人累得打不起精神的时候，别人就来安慰他、开解他。他自己却说："放心，我想得开。虽然白天劳累些，但是幸好每天都有白昼与夜晚，白天劳作，夜里能有好梦做，也算是休息了，也算是享受了。"

主人却正好与老仆人相反。虽然他每天白天享受着富贵的生活，但他整天工于心计，总有想不完的事，操不完的心，心情始终很烦躁。晚上虽然能够入睡，但是并不能休息得很好。

每天夜里，他一闭上眼睛就梦见自己破产了，万贯家产顷刻间化为乌有，他不得不去给别人家做仆人。而他给人做仆人总是什么都做不好，不是挨打，就是挨骂，常常发出痛苦不堪的呻吟，从梦中惊醒。

长此以往，他不堪忍受，不得不去求助于朋友。他的朋友告诉他："人生在世就是这样，穷富各有各的苦恼和快乐，苦乐兼得。"

朋友的话点悟了他。从此，他不再为家产的事煞费苦心，对仆人们也放松了，自己也轻松了许多。

启　示

　　这则寓言告诉我们，穷人有自己的苦恼和快乐，富人也有自己的苦恼和快乐，不同的人在不同的境遇中都有自己的快乐和苦恼，所以，我们应该放开心胸，做一个积极而快乐的人！

邯郸学步

战国时期，燕国寿陵的人，走路时喜欢走"八"字步，摇摆蹒跚，十分难看。

当地有一个年轻人，从小就在这里生活。他长大后，觉得这里的人走路姿势实在是太难看了，所以就想学习一些标准的走路姿势。

听说赵国邯郸人走路的姿势相当优美，于是，他就前去学习，风尘仆仆地来到赵国首都邯郸。

来到邯郸，只见繁华大街上，每个人走路的姿势果然都十分优雅，走起路来，不紧不慢，大方得体，一抬手一举足，都显示着高贵的风度。

这个年轻人自惭形秽，连忙跟着路上的行人模仿起来。人家迈左脚，他跟着迈左脚；人家迈右脚，他也跟着迈右脚。可是学了几天，他怎么也学不会，而且越走越别扭。

年轻人心想：一定是因为自己的恶习太深了，不彻底抛弃自己的老步法，肯定学不好新姿势。

于是，这位小伙子从头学起，每迈出一步都要仔细推敲下一步的动作，一摆手、一扭腰都要认真地计算尺寸。

　　他学习得很刻苦，每天都废寝忘食。在来到邯郸三个多月的时间里，他每天都在不停地练习，却始终没能学会邯郸人走路的姿势，反而把自己原来走路的样子也忘了个精光。当他要回燕国的时候，他感到手足无措，不知道该先迈哪条腿，只好爬着回去。

启　示

　　寓言中的年轻人学步不成，反而不会走路了，真是可笑极了。这则寓言告诉我们，勤于向别人学习是应该肯定的，但是，一定要从自己的实际出发，取人之长，补己之短。若一味地模仿，这样不仅学不到本事，反而会丢掉自己原有的东西。

明年再不偷鸡

　　春秋时期，宋国有个叫戴盈之的大夫，有一天他和孟子聊天谈到怎么治理国家的事。孟子告诉他，老百姓日子过得很苦，除了灾荒造成的困苦，苛捐杂税对老百姓来说也是很重的负担。

　　他们谈着、谈着，戴盈之也同意这种说法，并且表示愿意取消部分捐税，但完全取消这部分捐税今年还不能实现，要到明年才能真正取消，今年只能够减轻部分捐税。孟子听了戴盈之的话后，思考了一会儿，他知道戴盈之只不过口头上表示要取消捐税，而并不是真正地愿意取消部分捐税。为了劝说戴盈之，孟子便讲了下面的故事。

　　有一个这样的人，他每天都要从邻居家偷鸡。邻居后来发现鸡是他偷的，于是对这个人的意见特别大。有人去劝告这个偷鸡的人："偷盗行为是很可耻的。你这样每天偷别人家的鸡是不道德的行为，应该尽快改正。从现在开始，你再也不要偷别人家的鸡了。"这个偷鸡的人听后却回答："我也明白这样不好，那这样好吧，请允许我少偷一点，原来是每天偷一次，以后改为每月偷一次，而且就偷一只鸡，到了明年，我再也不偷就是了。"

　　既然知道了偷盗是不合乎礼义的行为，就应该立即停止偷窃，下决心痛改前非，为什么非要等到明年呢？

　　　　这则寓言故事讽刺了生活中常常出现的一种人，他们犯了错，自己也意识到了，却不肯立刻改正，而是有意拖延时间，寻找借口。"知错能改，善莫大焉"。我们在发现错误时一定要及时改正。

许绾的智慧

  魏王决定建造一座很高很高的台阁，它的高度恰好是天与地之间距离的一半，并将这座高台起名叫"中天台"。很多人知道魏王这个决定后，都觉得很荒唐，于是纷纷前来劝阻魏王。魏王非常生气，他传下命令："谁要再来反对寡人的决定，一律杀头！"听到这样的命令，大家都不敢再说什么了，只是在心里着急。

  一天，有个叫许绾（wǎn）的人背着筐，拿着铁锹到王宫来求见魏王。他对魏王说："听说大王要建一座'中天台'，小人愿前来助大王一臂之力。"

  见到这个前来帮助建造高台的第一人，魏王感到很高兴。魏王问他："你有什么力量能够帮助寡人呢？"

  许绾说："小人没什么了不起的力量，小人只是能帮助大王您商量建台的计划。"

  魏王连忙高兴地问他说："你有什么好建议？快说来听听。"

  许绾不慌不忙地说："大王您在建造高台之前，先得发动大规模的战争。"

  魏王很不理解地说："你这是什么意思？"

许绾说："请大王听小人分析。小人听说天地间相距 15000 里，中天台的高度是它的一半，那就是 7500 里，要建 7500 里高的台，那么台基就得方圆 8000 里。现在拿出大王的全部土地，也远远不够做台基的。古时尧、舜建立的诸侯国，土地一共才方圆 5000 里。大王要建中天台，首先就得出兵讨伐各诸侯国，将各诸侯国的土地全部占领。这还不够，还得再去攻打四面边远的国家，得到方圆 8000 里的土地之后，才算凑齐了做台基的土地。另外，造台所需的材料、人力，造台的人需要吃的粮食，这些都要以亿万为单位才能计算；同时，在方圆 8000 里以外的土地上，才能种庄稼，要供应数目庞大的建台人吃饭，不知道还得要多大的土地才够用呢。所有这些，都必须先准备好了，才能动工造高台。所以，您应该先去大规模地打仗。"

许绾说到这里，魏王听得目瞪口呆，一句话也说不出来。最后，魏王放弃了造"中天台"的想法。

启　示

　　许绾劝说魏王，循循善诱，以理服人，使魏王明白自己要建"中天台"只不过是毫无客观基础的盲目蛮干，这当然不可能实现。这则寓言告诉我们，劝阻别人也要讲究方式方法，这样，才能达到好的效果。

空中楼阁

　　从前，有一个有钱人，生来就很愚蠢，又不愿意读书学习，却自以为是，骄傲得很，还常常干出一些让人哭笑不得的事来。

　　有一次，他到另一个有钱人家里去做客，见人家的府第是一座三层楼房，高大威风，又宽敞壮丽，看上去很阔气，站在三层楼上，还能看见远方美丽的景致，真是妙极了。

　　他心下不禁十分羡慕，想道：要是我也有一幢这样的三层楼房，那该多好啊！我也可以站在我的三层楼上，喝茶观景，要多惬意就有多惬意！

　　于是，他马上叫人请来泥瓦匠，吩咐道："给我建一座三层楼房，越快越好！"

　　泥瓦匠立刻开始动工，打地基、和泥、垒砖头，开始修建楼房的第一层。

　　有钱人天天跑到工地上去看，头几天地基打好了。又过了几天，垒起了几层砖。再过几天，砖垒又高了一点。又过了没多久，第一层已经建好了。

　　有钱人想楼房都快想疯了，看见都已经过了这么些天，他的楼房还没影子，心里十分着急。他实在等得不耐烦了，就跑到工地去问泥瓦匠："你们这是建造的什么房子啊，怎么一点也不像我要的楼房呢？"

泥瓦匠答道："不是照您的吩咐在建楼房吗？这就是第一层了。"

有钱人又问："这么说，你们还要修第二层喽？"

泥瓦匠奇怪地回答："当然了，有什么问题吗？"

有钱人暴跳如雷，勃然大怒道："蠢东西，我看中的是第三层，叫你们修的也是第三层，第一层、第二层我都有，还修它做什么？"

启　示

　　这个有钱人真是可气又可笑，没有第一层、第二层楼房，哪里来第三层呢？这则寓言告诉我们，做事情要踏踏实实，打好基础，否则我们的理想就好像这个有钱人的空中楼阁一样，永远是虚幻的东西。

暑天戴毡帽

　　暑天里，天气热得厉害，太阳毒毒地炙烤着大地，一刻也不停息。知了扯开嗓子叫唤："热啊！热啊！"一个人在这样的一个大热天出门去办事，却在头上扣了一顶毡帽。

　　走在半路上，这个人浑身上下的衣服让汗浸湿了，头上更是不停地往下滚豆大的汗珠，连眼睛都睁不开。这个人一边擦汗，一边连忙走到树荫下乘凉。他想找样东西扇扇风，摘了片树叶，太小，不行；又抖抖衣服，衣服早湿透了，扇不起来。他一下子想起了什么，一把摘下头上的毡帽扇了起来，风果然大多了。

　　一个过路人问他说："大热天的，你戴顶毡帽，难道不觉得热吗？"他听了，白了人家一眼，说道："你懂什么！今天如果没有这顶帽子，我一定会热死！"

　　这个人只知道毡帽可以当扇子扇风解暑，却没想到不戴毡帽就用不着要扇子了。我们可不能学他弄不清事物的因果关系，否则就会颠倒对于利弊的判断，做出蠢事。

刻舟求剑

从前，一个楚国人出门远行，他在乘船过江的时候，一不小心，把随身带着的剑落到江中的急流里去了。船上的人都大叫："剑掉进水里了！"

楚国人听到提醒后，立刻用一把小刀在船舷上刻了记号，然后回头对大家说："这是我的剑掉下去的地方。"

大家看到他的行为，很不理解。有人跟他说："你这样做有什么用呢？还是赶快下水去找吧！"

楚国人说："不急，我有记号呢。"

船继续前行，又有人催他说："你再不下去找剑，这船越

走越远，当心找不回来了。"

楚国人依旧自信地说："不用急，不用急，我有记号刻在这里，它能跑到哪儿去呀？"

等到船行到岸边停下后，楚国人这才顺着他刻记号的地方下水去找剑。可是，这样是不可能找到的。船上刻的那个记号是表示这个楚国人的剑，落水瞬间在江水中所处的位置。掉进江里的剑是不会随着船行走的，而船和船舷上的记号却在不停地前进。等到船行至岸边，船舷上的记号与水中剑的位置早已不相同了。这个楚国人用上述办法去找他的剑，不是太糊涂了吗？

他在岸边船下的水中，白费了好大一阵工夫，结果毫无所获，还招来了众人的讥笑。

启　示

　　这则寓言告诉我们，世界上的事物，总是在不断地发展变化，人们想问题、办事情，都应当考虑到这种变化，适应这种变化的需要。

两小儿辩日

有一次，大教育家孔子在周游列国去往东方的路上，看见有两个小孩在为一个问题争论不休，于是就让马车停下来，走到跟前问他们："小朋友，你们在争辩什么呢？"

其中一个小孩先说道："我认为太阳刚出来的时候离我们近一些，中午时离我们远些。"

另一个小孩的看法正好相反，他说："我认为太阳刚升起来时远些，中午时才近些。"

先说的那个小孩反驳说："太阳刚出来时大得像车盖，到了中午，就只有盘子那么大了。这

不是远的东西看起来小，而近的东西看起来大的道理吗？"

另一个小孩自然也有很好的理由，他说："太阳刚升起来时凉飕飕的，到了中午，却像火球一样晒得人热烘烘的。这不正是远的物体让人感到凉，而近的物体让人觉得热的道理吗？"

两个小孩不约而同地请博学多识的孔子来当"裁判"，判定谁是谁非。

可这个看似简单的问题却把博学多识的孔子也难住了，因为当时自然科学还不发达，很难说明两个小孩所持理由的片面性，更不能判断他们谁是谁非了。

见孔子哑口无言，两个小孩失口笑了起来，说："谁说你知识渊博，无所不知呢？你也有不懂的地方啊！"

启　示

　　这则寓言告诉我们，人生有限，知识无涯。从不同的角度会得出不同的看法，而要克服片面性就必须深化认识，进行辩证思考。

果断的班超

东汉年间，班超帮助哥哥班固一起撰写《汉书》，但他认为一个男子汉的抱负不应只在纸笔上，于是弃文从武，参加了对匈奴的战斗。他坚毅果敢的性格使他在战场上屡建功勋。后来，东汉王朝为了联合西域各国共同抗御匈奴的侵扰，就派遣班超作为使节出使到西域。

班超手持汉朝的节杖，带领着由36人组成的使团出发了。他们首先来到了鄯（shàn）善国。班超晋见了鄯善国国王，说："尊敬的国王陛下，我们汉朝的皇帝派我来，是希望联合贵国共同对付匈奴。我们都受过匈奴的侵袭，应该携起手来，同仇敌忾，匈奴才不敢再猖狂肆虐呀！"

鄯善国国王早就知道汉朝是一个泱泱大国，国力强盛，人口众多，不容小视，现在又见汉朝的使者庄重威仪，颇有大国之风，果然名不虚传，就连连点头称是，说："说得太对了，请您先在鄯国住儿天。联合抵抗匈奴之事，容过两天再具体商议吧。"

于是班超他们就住下了。头几天，鄯善国国王待他们还挺热情，可是没过多久，班超便察觉国王对他们越来越冷淡，

不但常找借口避而不见，就是好不容易见上了，也绝口不提联合抗击匈奴之事了。

班超有了一种不祥的预感，他召集使团的人分析说："鄯善国国王对我们的态度越来越不友好了，我估计是匈奴也派了人来游说他，我们必须去探察一番，弄清事情的真相。"

晚上，当鄯善人前来送饭的时候，班超便试探地问："匈奴使者来了几天了？住在哪里？"

送饭的人以为班超已经知道匈奴与鄯善国国王的交往，只好将匈奴使者的情况和盘托出。

夜里，班超派的人潜进王宫，果然发现鄯善国国王正陪着匈奴的使者喝酒谈笑，看样子很投机，就马上回来将这个消息报告给班超。接下来的几天，班超又设法从接待他们的人那里打听到，匈奴不但派来了使节，而且还带了100多个全副武装的随从和护卫。他立刻意识到事态已经发展到很严重的地步，就马上召集使团成员研究对策。

班超对大家说："匈奴果然已经派来了使者，说动了鄯善国国王，现在我们已处于极度危险之中，如果再不采取有效措施，等鄯善国国王被说服，我们就会成为他和匈奴结盟的牺牲品。到时候，我们自身难保是小事，皇上交给的使命也就完不成了。大家说该怎么办？"

大家齐声答应："我们服从您的命令！"

班超猛击了一下桌子，果断地说："不入虎穴，焉得虎子！现在我们只有下决心消灭匈奴，才能完成我们的使命！"

当夜，班超就带人冲进匈奴所驻的营垒，趁他们没有防备，以少胜多，终于把100多个匈奴人全部消灭了。

第二天，班超提着匈奴使者的头去见鄯善国国王，当面指责他的善变说："您太不像话了，既答应和我们结盟，又背地里和匈奴接触。现在匈奴使者已全被我们杀死了，您自己看着办吧。"

鄯善国国王既吃惊又害怕，很快就和汉朝签订了同盟协议。班超的举动震动了西域，其他国家也纷纷和汉朝签订同盟协议，很多小国也表示和汉朝永久友好。班超终于圆满地完成了使命。

启　示

这则寓言告诉我们，在危急的情况下，就应当像班超一样果断，敢于冒必要的危险，才能够获得成功。如果这时还犹犹豫豫、畏缩不前，后果就不堪设想了。

宋定伯捉鬼

从前，有一个南阳人，名叫宋定伯。他年轻的时候血气方刚，十分勇敢，什么都不怕。有一天夜里，宋定伯赶路去办事，在半路上遇到了一个鬼。

宋定伯问："你是谁呀？"

鬼回答："我是鬼。你又是谁呢？"

宋定伯听了微微一惊，但很快就定下神来，欺骗鬼说："我也是鬼呀！"

鬼问宋定伯："你要到哪里去？"

宋定伯回答："我要到宛市去。"

鬼说："正好，我也要到宛市去，咱们两个可以结伴一起走了。"

宋定伯和鬼一起走了好几里地，心里暗暗地盘算着对付鬼的办法。这时候鬼说："我们好像走得太慢了点，不如我们轮流背着对方吧。"

宋定伯答应了。鬼先背宋定伯，走了很远，问道："你怎么这么重呢？你不是鬼吧？"

宋定伯回答："我刚刚死，所以还很重。"

宋定伯接着背鬼，也走了很远。鬼非常轻，差不多没有重量。就这样他们互相背了三次。

宋定伯故意问鬼："我刚刚死，什么都不懂，还得向你请教鬼都怕些什么。"

鬼对他说："鬼被人重重摔到地上会变成羊，如果再被人吐上唾沫就变不回来了。"宋定伯听后，心里有了主意。

宋定伯和鬼遇见了一条河，宋定伯就让鬼先渡河。鬼渡河的声音很小，几乎听不见。宋定伯过河像水车轮子一样，搅得河水哗哗直响。

鬼又有了疑心，问："你过河怎么有声音呢？"

宋定伯不慌不忙地说："我这不是刚死不久嘛，所以还不熟悉渡河。"

快到宛市了，轮到宋定伯背鬼。他把鬼顶在头上，用力抓住。鬼动弹不得，哇哇大叫起来。宋定伯只管走路，不理鬼，一直走到宛市，猛地把鬼摔在地上，这时，鬼变成了一头羊，宋定伯又连忙朝它吐了不少唾沫。宋定伯把羊卖掉，拿着钱高高兴兴地回家去了。

启　示

宋定伯靠着机智和勇敢，终于战胜了鬼。这则寓言告诉我们，遇到困难的时候，首先不要害怕，然后仔细分析，摸清规律，按规律去办事，就能克服它。

老虎与小孩

从前，在四川省的忠县、万县、云阳县一带，经常有老虎出没。老虎出来伤人，总是先抖出它的威风，使人还没看清它的真面目时，往往自己已经先吓瘫了。

有一天，一个妇女带着两个小孩到河边洗衣服。她先让两个孩子在沙滩上玩耍，然后自己走下河滩，到河边洗起衣服来。两个孩子在沙滩上一会儿堆沙塔，一会儿用线绳在手上互相翻花，一会儿自己做游戏，玩得十分高兴。

突然，一只老虎从沙滩那边的山上奔了下来。正在洗衣的妇女见状大惊失色，她慌不择路，也顾不上小孩，自己赶紧跳进水里躲起来，连衣服随水漂走了也不知道。

她藏在水中，只留两个鼻孔在外出气，吓得浑身直哆嗦。再看那两个小孩，依然在沙滩上全神贯注地玩得起劲，全然不知道身边发生了什么事情，更没注意到兽中之王老虎已在他们附近，正朝他们虎视眈眈呢。

说来也怪，凶猛的老虎见两个小孩旁若无人，根本就无视自己的存在，反倒有些吃惊，因为它见惯了的是自己所到之处，一切飞禽走兽和人都闻风丧胆、四处逃窜。眼前这两个小

孩是何物？竟如此满不在乎？

　　虎盯着小孩有好一会儿了，小孩并没有看它一眼，而是继续他们的游戏。接着，老虎又用头去碰他们，两个小孩只是随意地用手拨开虎头，一点害怕的表示也没有。老虎那股凶猛的劲头已全没有了，然后很泄气地走开了。

启　示

　　这则寓言告诉我们，面对危险或貌似强大的敌人时，你越是害怕，越有可能招来灾祸；如果镇定、无所畏惧，说不定还会有转危为安的奇迹出现。

割肉自啖

　　战国时期，在齐国的一个无名小镇上，住着两个自命不凡、爱说大话、并自诩为全世界最勇敢、最顽强、最不怕死的人。他们一个住在城东，一个住在城西。

　　有一天，这两个自诩为最勇敢的人碰巧同时来到一家酒楼喝酒。他们一前一后进了酒楼，两人见面相互寒暄了一番后，便选中靠窗的一张既干净又明亮的餐桌相对而坐。不一会儿，酒保送上来一坛陈年老酒。店小二又替他们剥去坛口上的封口泥，打开了酒坛盖子，一股香气扑鼻而来。店小二替他们各自斟满了一碗酒后，把酒坛子放到桌子上，然后退了下去。

　　这两个"最勇敢"的人喝了一会酒，聊了一会天，边喝边谈，渐渐觉得有酒无肉实在是有点乏味。其中一个人提议："兄弟，你稍等一下，我到菜市场买几斤肉菜，叫这酒楼厨子帮忙加工就有下酒菜了。这样喝酒才有滋味啊。"

　　另一个人答道："老兄，不必到菜市场去买肉了。你我身上不都长着肉吗？听人说腿肚子上的肉是精肉，我们用自己随身带的刀从自己身上割点肉来下酒，既新鲜又干净，不是更好吗？这样只叫店小二端盆酱来蘸着吃就行了。"第一个"最勇敢"者为了表现自己的"勇敢",只好同意了对方的提议。不一会儿,店小二将一盆酱端来了,放在桌子上面。他们每人喝了一碗酒后,各自抽出自己的腰刀,从自己的大腿上割下一大块肉来,血淋淋的放在酱盆里蘸了一下,然后送到自己嘴里咽了下去。就这样,他们每喝一大碗酒,就在各自大腿上割下一大块肉来吃。当时在场的人看到后既惊讶又害怕,但谁也不敢上前干预。这两个"最勇敢"的人在酒楼里一边喝酒,一边吃着从自己身上割下的肉。他们两个人都自称是世界上最勇敢的人,谁也不肯在对方面前认输。就这样,酒一大碗一大碗地喝下去,他们身上的肉也一大块一大块地被割下来;鲜血不断地从他们身上流出……

没多久,这两个自诩为最勇敢的人都由于失血过多而死去。

启　示

  这则寓言告诉我们,勇敢本来是很好的品质,它能帮助我们战胜前进道路上的危险和困难。但盲目的逞勇斗狠却是无聊的行为,是愚蠢而可悲的。

扛竹竿进城

从前，一个鲁国人扛着一根长长的竹竿进城去卖。可是他遇到了一个难题：竹竿太长，没有办法进城。竹竿竖着比城门高；竹竿横着又比城门宽。这可怎么办啊？

这时，一个老头经过城门。他看见那人愁眉苦脸的样子，非常自信地对他说："我虽然不是什么圣人，但一生经历的事情比你多。既然是竹竿长、城门小，你为什么不把竹竿从中间截成两段呢？那样不就可以毫不费力地进城了吗？"

拿竹竿的人听了非常高兴，于是他将竹竿锯成两段，然后进了城门。

可是，这个卖竹竿的人在城里转了一天，竹竿就是卖不出去。因为他没想到，锯短的竹竿虽然是扛进了城，但是由于其用途不大，无人问津，所以几乎成了废品。

启　示

这则寓言既讽刺了鲁国人的愚蠢可笑，更嘲笑了那个自以为见多识广、喜欢乱出主意、好为人师的老头。正是类似这老头的一些人的瞎指点，使许多好事都办糟了。

乌鸦喝水

有一年夏天，天气特别炎热，多少天没下过一次雨。火热的太阳晒呀晒呀，小河、池塘的水都干了，人们只好从井里打水喝。

一只乌鸦口渴了，可到处找不到水。它想起人们常到井边打水，于是，就向井边飞去。

正好，井边放着一个大瓦罐，里面还有半罐水。乌鸦多高兴呀，它稳稳站在水罐的罐口，准备痛痛快快喝水了。

可是罐太深，水太浅，乌鸦伸长了脖子，还是喝不着水。这可怎么办呢？

乌鸦想把水罐撞倒，这样就可以喝到水了。可是水罐太重，乌鸦撞了好几次，水罐一点儿都没晃动。

面前就有水，可是喝不着，乌鸦气极了。乌鸦用爪子抓起一块石子，飞起来，对准水罐扔了下去，想把它砸碎。谁知石子不偏不倚，扑通一声，落进了水罐里，乌鸦连忙飞下来看。

瓦罐一点儿没破，可是聪明的乌鸦却发现，罐里的水好像比刚才高了一点。

"这下，我可有办法喝到水了。"乌鸦高兴地想。

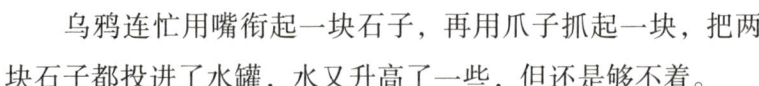

　　乌鸦连忙用嘴衔起一块石子，再用爪子抓起一块，把两块石子都投进了水罐，水又升高了一些，但还是够不着。

　　乌鸦没泄气，它一次又一次地把石子运来，投进水罐，罐里的水也一点一点地慢慢向上升……

　　乌鸦终于可以喝到水了。乌鸦站在水罐口，喝得多痛快、多舒服呀！它觉得这水特别甘甜，特别解渴，因为这水是它动脑筋、想办法才喝到的呀！

启　示

　　乌鸦为了能喝到水，想了又想，试了又试。起先它想把瓶子撞倒，办法不成功，后来，乌鸦把小石子一块一块丢进瓶里，发现水位渐渐升高了，它就喝到水了。这则寓言告诉我们，遇到困难和麻烦的时候，要善于冷静地观察和思考。只要努力，就会胜利。

楚人学齐语

春秋时期，在现在河南省境内有一个小国叫"宋"。宋国大夫戴不胜比较开明，很关心国事，很想让宋国国君多理朝政，就是不知道该怎样劝说宋王才好。戴不胜知道孟子很有见识，很佩服孟子，也很想向孟子请教。

有一次孟子到宋国旅行，戴不胜恭敬地接待了孟子，向孟子请教说："您是一位学识渊博的人，您能否告诉我，如何才能劝说一个国家的国君把自己的全部精力用来管理自己的国家，多为国家办些好事呢？"

孟子想了一会儿，微笑着不紧不慢地说道："那我先问您一个问题，如果有位楚国大夫很想让自己的儿子学说齐国话，您看是请齐国人教他好呢，还是请楚国人教他好呢？"

戴不胜也笑着回答："那当然是请齐国人教他好啊！"

孟子笑了一下，接着说："那么，如果请来的那个齐国人很耐心地教他说齐国话，但他周围的人觉得他学说齐国话很稀奇，整天来干扰他，让他难以安静地学习，即使是用鞭子来抽打他，逼迫他学齐国话，他仍然是学不会的。但是如果把他带到齐国去，并且住在齐国都城最有名、最繁华的街巷里，住下

来学讲齐国话。几年以后，他的齐国话学会了，讲得很好了，到那时再要他说楚国话，假若也用鞭子天天抽打他，要他说楚国话，那也是很困难的了。"

听了孟子一席话以后，戴不胜终于明白过来：在宋国，国王周围的大夫少有好人，在太多的坏大夫的谗言欺骗下，也难怪宋国国君会变得无道啊！

启 示

　　如果国君周围多是好人，那么国君就会做利国利民的事。相反，如果国君周围多是坏人，那么国君也就很难做好人了。这则寓言告诉我们，"近朱者赤，近墨者黑"，我们不可忽视客观环境、周围风气对人的影响。

寒　号　鸟

　　传说有一种小鸟，叫寒号鸟。这种鸟与众不同，它长着四只脚，两只光秃秃的肉翅膀，不像一般的鸟那样会飞行。前后肢间生有宽大多毛的飞膜，耳基部有一束黑色长毛。栖息在山岩峭壁的岩洞或裂缝中，多用细草等做窝，白天藏在巢内，黄昏或夜间外出活动，可由高处向低处滑翔。

　　夏天的时候，寒号鸟全身长满了绚丽的羽毛，样子十分美丽。寒号鸟骄傲得不得了，觉得自己是天底下最漂亮的鸟，连凤凰也不能同自己相比。

　　于是它整天摇晃着羽毛，到处走来走去，还扬扬得意地唱着："凤凰不如我！凤凰不如我！"

　　夏天过去了，秋天到来，鸟儿们都开始为过冬做准备：它们有的开始结伴飞到南方，准备在那里度过温暖的冬天；有的留下来，整天辛勤忙碌，积聚食物，修理窝巢。只有寒号鸟，既没有飞到南方去的本领，又不愿辛勤劳动，仍然整日东游西荡的，还在一个劲地到处炫耀自己身上漂亮的羽毛。

　　冬天终于来了，天气寒冷极了，鸟儿们都回到自己温暖的窝巢里。这时，寒号鸟身上漂亮的羽毛都落光了。夜间，它

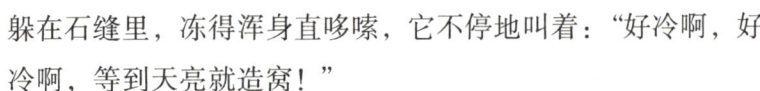

躲在石缝里，冻得浑身直哆嗦，它不停地叫着："好冷啊，好冷啊，等到天亮就造窝！"

等到天亮后，太阳出来了，温暖的阳光一照，寒号鸟又忘记了夜晚的寒冷，于是它又不停地唱着："得过且过！得过且过！太阳下面真暖和！太阳下面真暖和！"

寒号鸟就这样一天天地混着，过一天是一天，一直没给自己造个窝。最后，它还是没能混过寒冷的冬天，终于冻死在岩石缝里了。

启　示

寒号鸟只顾眼前的安逸和享乐，却没有为过冬做好打算，最后冻死在岩石缝里。这则寓言告诉我们，做事情不能只顾眼前，得过且过，不做长远打算，不辛勤劳动去创造生活的人，最终不会有好结果。

一蟹不如一蟹

一天，海潮退了，天气很好，艾子到海滩上去散步。忽然，艾子发现自己脚跟前有一个小动物在爬着，艾子好奇地蹲下身子去仔细地看这小东西。

只见这只小动物的身子又扁又圆，周围长着许多脚，爬行的方向是横的。艾子把它拾起来放入袖口，找到一位住在海边的人，问道："请问这是什么东西？"

那个人告诉艾子说："先生，这是梭子蟹。"

艾子在海滩上继续往前走，他又看到一个小动物，身子也是又扁又圆，同样长着许多脚，但形体比先前那个要小些，行动似乎也迟缓一些，于是艾子拾起这个小动物，放到袖口里，又去找那个住在海边的人，问："您看，这是什么东西呀？"

那个人告诉他说："这是只螃蟹。"艾子记住了，原来又是一只蟹。

艾子继续朝前，不料又看到一只小动物在海滩上爬着，形状、体貌与先前看见的梭子蟹、螃蟹一模一样，只是比前两个更小了。艾子又拾起这个小东西，把它放进袖口，去问那个住在海边的人说："您看，这又是什么东西呀？"

那个人回答："这是蟛蜞（péng qí），也是一种蟹。"

艾子离开那个人，想着今天的事情颇觉有趣。这梭子蟹、螃蟹、蟛蜞都是蟹，而形体却一个比一个小。艾子不觉感叹道："咳！为什么一蟹不如一蟹呢！"

启 示

　　生活中的确有类似这些蟹的人和事，一个不如一个，越往后越糟糕。

江边姑娘

在大江之滨的一个小村子里，住着10来户人家。虽然村里的人一年到头都在辛勤劳动，但所得仅能养家糊口。

每天晚上，男人们拖着疲惫不堪的身子回家，晚饭后不久就歇息了。女人们在男人休息之后，还要做一些收拾屋子、缝补浆洗的事。村里各家各户的少女也在日常的家务劳动中练就了一双灵巧、能干的手。她们不仅在白天帮助家里做一些烧水做饭、养鸡养畜的工作，到了晚上，还要搞手工编织、做针线活，勤劳俭朴的习惯就这样一代代往下传。

因为经济上都不宽裕，为了节省一点灯烛钱，村里的姑娘们商量决定，大家凑一些钱买蜡烛，每晚集中起来在一户住房较宽敞的人家一起干活。

有一个因家境贫寒而买不起蜡烛的少女，每天晚上也到村里姑娘集体劳动的那户人家去做活。日子一长，那些出了买蜡烛钱的姑娘开始嫌弃这个少女。她们风言风语的，想撵她出去。

这个少女面对和自己从小一起长大的同伴们的无理做法，愠而不发，并且很有礼貌地说道："我因为买不起蜡烛，所以常到这里来借光。我不能为这个集体劳动的场所出一份钱，可是我却为大家出了一点力。每天晚上我来得最早，帮大家打扫屋子、整理坐席，等你们都到齐的时候，这间房子并不显得拥挤；我每次都是坐在你们的后面，借着墙面反射的烛光干活，并没有遮挡你们的光线。我对你们没有任何妨碍，你们为什么要吝惜墙面反射的一点余光呢？我对你们并不是一点好处都没有，你们为什么一定要把我赶走呢？"

那些看不起这个少女的姑娘们听了这番话以后，觉得很有道理。经过一番议论，她们终于决定把这个少女留在全村做夜活的姑娘们的队伍中。

启　示

一群农村姑娘，在生产力很低的情况下，自发结成集中劳动的群体，这是有益于社会进步的一件好事。那个因为家贫而买不起蜡烛的少女，被做夜活的姑娘们所接纳的事实告诉我们，团结、互助的合作精神，自古就是中华民族的一种美德。

马车夫的故事

齐国的相国晏子有一次外出时，乘坐的马车正好要经过马车夫的家门口。马车夫的妻子得到了这一消息，便在家中打开一条门缝，向外观望。

她本来只是为了目睹一下当朝相国的风采，却不想同时看到自己的丈夫在替相国驾车路过家门时，竟是那样神气活现地坐在车前的大伞盖下，扬扬得意地挥舞手中的鞭子，目无行人，昂然前进，好像替相国驾车，自己也成了相国似的。

晚上，马车夫回到家中，白天那种自我陶醉的情绪还没有消失呢，妻子就闹着要他休妻。这真是一个晴天霹雳，一下子将马车夫打入了云里雾里，半天摸不着头脑。

他百思不得其解地追问妻子吵闹的缘由，妻子余怒未消地说："晏子是齐国的当朝相国，学问、名望在各国诸侯大臣中有口皆碑，如雷贯耳。可是，今天我看他坐在车上，仪表端庄，态度谦和，思想深沉，令人起敬。而你只不过是给他驾车的一个马车夫而已，却在车上趾高气扬，不可一世，自以为有多么了不起，在赶车时竟不把老百姓放在眼中。像你这样胸无大志的人，将来怎么会有出息呢？所以，我请你休了我！"

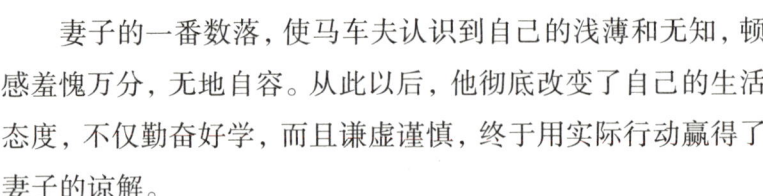

妻子的一番数落，使马车夫认识到自己的浅薄和无知，顿感羞愧万分，无地自容。从此以后，他彻底改变了自己的生活态度，不仅勤奋好学，而且谦虚谨慎，终于用实际行动赢得了妻子的谅解。

马车夫的变化引起了晏子的注意，他好奇地探询其中的奥秘。马车夫坦诚地将妻子的批评和自己的决心和盘托出，令晏子十分感动。他不仅欣赏马车夫的妻子志存高远、超凡脱俗的境界，而且赞佩马车夫知错即改、从善如流的精神。后来，晏子向齐国国君推荐这位马车夫，让他做了大夫。

启　示

马车夫被妻子责骂之后，认识到了自己的缺点，并加以改正，最后得到了晏子的赏识，推荐他做了大夫。这则寓言告诉我们，只有无知无志之人，才会盲目骄傲，而勇于正视自身的缺点并能认真加以改正的人，一定会有出息。

谁偷了金钗

　　从前，有个西域人，名叫木八剌（là）。这一天，他正和妻子一同吃饭。婢女端上来一盘肉，木八剌的妻子取下头上的金钗从盘子里穿起一块肉，正要吃时，门外喊着有客人求见。木八剌起身去迎接客人，他妻子也赶紧放下穿着肉的金钗，起身去为客人沏茶。

　　过了一会儿，客人走了，夫妻二人重新回到餐桌旁，发现穿着肉块的金钗不见了。

　　当时，除了木八剌夫妻外，就只有一个婢女在忙进忙出，于是，木八剌夫妇一口咬定是婢女偷了金钗。他们逼婢女跪下，说："赶快把金钗交出来！"

　　婢女哭着说："奴婢确实没有偷。奴婢一直在忙着帮夫人给客人沏茶，根本就没有时间去做这样的事情。"

　　木八剌的妻子非常生气，便拿来棍棒，一次次逼问、拷打："今天，我们家里进进出出的就只有你和我们夫妻，如果金钗不是你偷的，会是谁呢？"

　　可怜的婢女始终坚持说她没有偷金钗，最后，竟被木八剌夫妇拷打至死，金钗也终于没有找到。

过了一年，木八剌请工匠修理房屋。工匠在房顶上清理瓦沟里的脏物时，忽然听到"哐当"一声，有一件东西掉到地上，发出金属的响声。

木八剌在一旁看到，赶紧拾起来一看，原来是他妻子一年前丢失的那支金钗，同时还有一块朽骨同金钗一同落了下来。

木八剌连忙把妻子叫来，夫妻二人这才恍然大悟，想必是猫趁主人不注意，偷肉吃，把金钗一同叼到房顶上，当时谁也没注意，连婢女也没看到，可是也无从解释，以至于最后含冤而死，实在可怜。而木八剌夫妇也深感愧疚和不安，可惜，后悔晚矣。

启　示

　　世界上的事情是错综复杂的，怎么能单凭主观推断、只看表面现象就下结论呢？这则寓言告诉我们，在事情没有调查清楚之前，不能主观地、武断地下结论，这样只会将事情弄得更糟。

猴子捞月

　　一群猴子在林子里玩耍，它们有的在树上蹦蹦跳跳，有的在地上打打闹闹，好不快活。一只小猴独自跑到林子旁边的一口井旁玩耍，它趴在井沿，往井里看，忽然大叫起来："不得了啦，不得了啦！月亮掉到井里去了！"

　　一只大猴听到叫声，跑到井边朝井里一看，也吃了一惊，跟着大叫起来："糟了，糟了，月亮掉到井里去啦！"它们的叫声惊动了猴群，老猴带着一大群猴子朝井边跑来。当它们看到井里的月亮时，都一起惊叫起来："哎呀完了，哎呀完了！月亮真的掉到井里去了！"猴子们不停地叫着、闹着。最后，老猴说："好了，大家别嚷嚷了，我们快想办法把月亮捞起来吧！"众猴都义不容辞地响应老猴的建议，加入到捞月的队伍中。

　　井旁边有一棵老槐树，老猴率先跳到树上，自己头朝下倒挂在树上，其他的猴子就依次一个一个你抱我的腿，我勾你的头，挂成一长条，头朝下一直伸入井中。小猴子体轻，挂在最下边，它把手伸到井水中，就可以抓住月亮了。众猴想：这下我们总可以把月亮捞上来了。

　　小猴子将手伸到井水中，对着明晃晃的月亮一把抓起，可是除了抓住几滴水珠外，怎么也抓不到月亮。小猴这样不停地抓呀、捞呀，折腾了老半天，依然捞不着月亮。

　　倒挂了半天的猴们觉得很累，都有点支持不住了。有的开始埋怨说："快点呀，怎么还没捞起来呢？"有的叫着："妈呀，我挂不住啦！挂不住啦！"

　　老猴子也渐渐腰酸腿疼，它猛一抬头，忽然发现月亮依然在天上，于是它大声说："不用捞了，不用捞了，月亮还在天上呢！"

　　众猴都抬头朝天上看，月亮果真好端端在天上呢。

　　由于众猴不了解井中月亮的真相，以假当真，所以空忙一气，既愚蠢又可笑。这则寓言告诉我们，做事情要认真地了解真相，为了本来没有问题的事情而自己瞎着急，那是庸人自扰。

狝猴与鸡

　　从前，有个人养了一大群鸡，它们个个都长得油光水滑，雄赳赳气昂昂的。

　　有一次，这个人从外面领回了一只狝猴，他让这只狝猴和鸡一起生活。

　　和鸡比起来，这只狝猴实在是相形见绌。它的外表实在不好看，它没有雄鸡那鲜红高傲的冠子，没有母鸡那金黄尖利的爪子，它身上的毛灰不溜秋的，不如鸡那五彩斑斓的油亮羽毛好看。从外表看，鸡的确比狝猴漂亮多了。再看生活习惯，鸡都是啄食，它们的脖子一动一动的，低头啄一会儿又抬起头来走几步，样子十分优雅。而狝猴则是一副浑然无知的样子，吃东西、饮水都要用两只前脚去捧起来，整个脸都凑到食物上去了，常常吃得满嘴满脸都是，很难看。

　　可是，这只狝猴的品质却很好。每当有外敌出现，它总是第一个挺身而出，不顾危险，表现得十分勇敢，就连平时看起来雄赳赳气昂昂、走路傲气十足的高大的雄鸡也比不上它。这还不说，狝猴的日常工作也十分出色，它忠于职守，勤勉细

心，司晨报晓也在众鸡之前。因此，猕猴的外表虽赶不上鸡，但它依然深得主人喜爱，主人总是亲切地称它为"天鸡"。

几年后，这只猕猴死去了。它的后代小猕猴依然和鸡生活在一起。可是，小猕猴却完全不像它的父亲，它违背了父亲的言传身教。小猕猴从小就不去学习父亲的好品质、继承老猕猴的优点长处，而是整日羡慕鸡鲜艳的羽毛，模仿鸡优雅的动作。日复一日，小猕猴总不愿离开鸡一步。终于，小猕猴既不会像老猕猴那样辛勤地司晨报晓，更缺乏临危不惧、面对敌人挺身而出的勇气。它现在只有满肚子的虚荣，每天只会戴上鸡冠一样的高帽子，昂首挺胸地走路，或将脖子一伸一缩地吃吃喝喝而已。

主人对小猕猴失去了信心，小猕猴也失去了"天鸡"的光荣称呼，只是一只不讨主人喜爱的猕猴了。

启　示

　　小猕猴的故事告诉我们，应该继承和学习老一辈勤劳勇敢的优良传统，而不要沾染华而不实、游手好闲的不良习气，否则，即使拥有好看的外表，也毫无用处。

吹管的猎人

　　楚国有一个猎人，他很擅长吹竹管乐器。一根竹管在手，他可以吹出许多种野兽的叫声，声音惟妙惟肖，完全可以以假乱真。

　　猎人对自己的这一技之长很得意，因为他知道，动物们听到同类的叫声便会赶来会合，那样他就可以轻而易举地捕捉到许多动物。同时，吹管还可以防范凶猛野兽的攻击。只要知道哪种野兽可以恐吓住哪种野兽，危险的时候就可以用竹管的声音吓退野兽。

　　这位猎人胸有成竹地出发了，他带着弓箭、猎枪、火药进了山林。为了能捕到鹿，他放好了东西，就拿出竹管，吹起鹿叫的声音。

　　大群的鹿听到了同类的叫声，蹦着跳着来到了猎人身边，猎人不费吹灰之力就捕杀了大群的鹿。

　　看到这么容易获得了这么多的猎物，猎人欣喜若狂，哼起歌来。

　　正当他高兴地清点自己的战利品时，不料远远地看到一只豹向这边跑来。猎人吓坏了，心想：怎么刚才没有想到，豹是最喜欢吃鹿的呢？鹿的叫声引来了馋鹿的豹。现在只有再吹出老虎的声音才可以吓走它。

猎人慌慌张张地抓起竹管，吹起了老虎的叫声，豹听到了老虎的叫声，没敢再往前走，掉过头溜走了。

猎人看到这个法子这么灵验，心里很高兴，放下竹管准备收拾东西回家，却想不到老虎的叫声又引来了几只虎。它们晃晃悠悠地向这里走来，还以为是同伴在叫它们呢。

猎人看到好几只老虎向他走来，吓得脸都绿了。好不容

易镇定下来，想起吹管可以退敌。于是，吹起竹管，学着熊的叫声。

熊的叫声在林子里回荡，老虎们不敢久留，摇摇晃晃向林子深处走去。

猎人正打算坐下来，好好地喘一口气，一只熊出现在他的面前，熊站立着，像一面墙一样挡着他，可怜的猎人还没有来得及喊出声就被熊吃掉了。

启　示

　　猎人掌握了一门技艺，便得意扬扬，自以为是。可是他万万没有想到的是，同样也是因为这个技艺断送了自己的性命。这则寓言告诉我们，在看到自己的长处的同时还要想到自己的短处，这样才能使自己处于不败之地。

一枕美梦

很久很久以前，有一座焦湖庙，庙里有一个玉枕头，枕头上有一个小孔。据说，枕着这个枕头睡觉，可以在梦里经历许多美好的事情。

那个时候，单父县有个名叫杨林的人，以经商为生，生意不怎么好，他一天到晚都愁眉苦脸的，希望能时来运转，突然在哪天就发大财，当大富翁。

这一天，杨林带着货物来贩卖，走得满头大汗，肩上挑的担子好像有千斤重，压得他苦不堪言。杨林正想找个地方休息一下，刚好经过焦湖庙，就打算进去歇歇脚。

杨林跪在菩萨跟前祈祷，口里念念有词："求老天爷保佑我时来运转，发家致富，一辈子过幸福快乐的日子！"

庙里的巫人见了杨林的情况，就对他说："我让你体会一下你想要的生活，你愿意吗？"

杨林高兴极了，忙不迭地说："真的？好哇好哇，我太愿意了！"

于是巫人就取出那个神奇的玉枕给杨林，说道："你先去睡一会儿吧。"

杨林枕着玉枕躺下，不一会儿就进入了梦乡。他梦见自己来到了一个大户人家，那里有亭台楼阁、湖水假山、鸟语花香，屋里更是雍容豪华，一派富贵气象。官高位显的赵太尉热情地将他迎到客厅里，和他谈笑风生，接着，赵太尉又相中了他做女婿，把女儿许配给他。于是，他也做了大官，家财万贯。妻子如花似玉，温柔贤惠，给他生下了 6 个儿子。这 6 个儿子个个都很有本事。

杨林有享受不尽的荣华富贵，无忧无虑地生活着，身边又有妻儿相伴，过得快乐极了。一转眼几十年过去了，他还是一点都不想回家。

忽然，杨林一觉醒来，发现自己还在庙里，躺在玉枕上。梦中那美好的一切都无影无踪，只有身边没卖完的货物还在原地，心中不禁十分惆怅。

启 示

这则寓言告诉我们，幸福的生活，靠虚幻的美梦是得不来的。任何时候都不要指望坐享其成，只有自己踏踏实实地辛勤劳动，才能把愿望变成现实。

识别踢人的马

在我国古代，有个名叫伯乐的人，他识别马的水平在当时是最高的，所以名气很大，很少有人不知道他的。

有两个人特意从很远的地方来拜伯乐为师，专门学习相马的知识。伯乐收下了两个徒弟，将自己相马的秘诀毫不保留地讲给他们听，还带他们到处去实践、观察，认识各种各样的马。

一天，伯乐带着两个徒弟一起到赵简子的马房去看马，要他们找出其中最爱踢人的马来。一个徒弟仔细观察了一会儿，然后胸有成竹地指着其中一匹马说："这匹马肯定是最爱踢人的。"

另一个人没有做声，他走上前去，用手抚摸那匹马的屁股。他连摸了三遍，那马依旧站在那里，不仅没有踢人，就连一丁点儿焦躁恼火的反应也没有。

那个徒弟见马这么驯服，以为自己看走了眼，脸腾地变红了，不好意思地低下了头。摸马的那个人见他对自己的判断产生了怀疑，便对他解释道："其实你并没有看错，这匹马的确是一匹爱踢人的马。我摸它时它之所以没踢我，是因为它受伤了。筋骨劳损引起肩部疲乏，前腿膝关节肿胀是马摔过跤的表现。而马要踢人的话通常要抬起后腿，将全身重量压在前腿上。这对于一匹肩部和膝盖都受了伤的马来说肯定是难以完成的动作。无法承受重量，后腿自然无法抬起，也就难以踢人了，你学到了识别踢人的马可却并不善于发现马身上的伤痛。"

启　示

　　这则寓言故事教育大家，不管是识别马、认识人，还是判断其他事物，都必须全面地了解事物，看待问题，还要注重分析各种现象之间的内在联系，如果不这样，很可能得不到正确的结论，失去看清真相的机会。

"聪明"的云雀

　　春天是云雀恋爱的季节。到了春天，当农夫的麦田里长出嫩叶掩盖大地时，云雀就开始筑巢。雏鸟在长高的小麦掩护下，一天天长大。等到农夫要收割时，雏鸟已经能够自由地在天空飞翔了。

　　云雀就这样一代代繁衍着。后来，有一只非常聪明的云雀，起初和其他云雀一样，在小麦的嫩叶遮蔽田地时筑巢，然后在收割之前把小孩养大。可是后来，它有了新的想法：把筑巢的时间再往后延一小段，会不会更好？因为那时嫩叶还不能遮住巢，农夫来察看小麦，看到鸟巢就一脚踢开，云雀还得重筑，更何况晚一些筑巢并不会影响孩子的成长。

　　于是这只云雀在下一个春天到来时，比以前晚了一点时间筑巢，也因此比以前晚产卵，也较晚孵出雏鸟。

　　收割季节来临了。

　　其他云雀的孩子都可以在空中飞翔了，这只云雀的小孩却还没有长大，还不会飞。

　　这只云雀心想：只要知道日期，在前一天把全家迁到森林里去就行了。于是它开始留神，仔细聆听农夫们交谈的内容，在农夫们商量"明天要收割"的早晨，它带着孩子们逃进森林。

结果很成功。因为孩子们不仅平安长大，而且每个都长得身强体壮，能够灵活飞舞。

第二年，这只云雀用同样的方式养育小孩，孩子们也同样健壮长大。看到它的成功，其他云雀也模仿起来。可是，悲惨的事情发生了。有些云雀成功地养育出下一代，而有些却忘了注意农夫的谈话，导致雏鸟被抓，或意外丧生。

更悲惨的是这只云雀的子孙们，由于它们是这样长大的，大多缺乏警戒心，导致后来的很多雏鸟都夭折了。

启　示

"聪明"的云雀虽然在第一年取得了成功，但这种做法并不完全符合自然规律，不但不是一种进步，反而导致了族群的缩减。这则寓言告诉我们，世间万物都有自己的生长规律，如果不遵守这些规律，急于求成或试图任意改变，那么结果只会弄巧成拙，功亏一篑。

火 灾

  城里有一户姓张的人家。这一天，张家来了一位客人，主人将客人引至厅堂叙旧。两人越谈越投机，不觉天色已晚。主人执意留客人过夜，客人再三推辞不过，只好答应了。

  第二天清早，客人早早起床，到院子里散步，偶然间看到厨房那边的烟囱中有浓浓的烟冒出，还带有零星的火星。

  客人急忙来到厨房，观察了一会儿，就明白其中的原因了。于是，早饭时客人对主人说："你家厨房的烟囱砌得太直太短，这样很危险，一旦发生火灾，是要酿成大祸的，切不可大意呀！"

  主人却不以为然说："没事，这么多年了，也没有出什么事。再说，烟囱砌得直，炉灶很好烧的。"

  客人还是摇头："这样不行，把烟囱改砌一下，并不费什么事，再说那周围的柴草也一定要搬远些才是。"

  主人觉得这个客人真是太认真，太爱管闲事了，就说："好的，我一会儿就找人把柴草挪开。"

  客人走了。主人根本没把这件事放在心上，他还侥幸地想："哪有那么巧的事情，烟囱冒出的火星就一定会落在柴草上呢？"

他很快就把这件事情置之脑后。没想到，不久真的出事了。张家那天给父亲做寿，请了不少客人，做了十几桌酒席。厨房里热热闹闹地忙了一个通宵，正在大家开怀畅饮时，烟囱旁边的柴草堆冒烟起火了。

火借风势，很快蹿上房顶。张家的人急得不知如何是好。幸好很多邻居和客人帮忙，总算把火扑灭了。可是，张家的宅子已经有三分之一烧坍了架。

主人望着残破的房屋，沮丧得流下了眼泪，他对救火的邻居和客人千恩万谢。如果没有这些人的帮忙，他很可能已经无家可归了。

第二天，张家设宴感谢救火的恩人们，人都来齐后，张家主人突然想到那位曾提醒自己改造烟囱的客人，后悔没听他的劝告，急忙打发人前去接他过来，并拜为上宾。

启　示

　　张家主人没有在意客人的忠告，觉得客人的担心是没有必要的，更别提听取这样的忠告了，最后使得自家宅子烧掉了三分之一。火灾发生后，他才明白自己错了。这则寓言告诉我们，要善于听取他人的忠告，不可粗心大意，否则，后悔就来不及了。

东郭先生和狼

晋国大夫赵简子率领随从到中山去打猎，途中遇见一只像人一样直立的狼，狂叫着挡住了他们的去路。赵简子立即拉弓搭箭，只听得弦响狼叫，箭射穿了狼的前腿。狼中箭不死、落荒而逃，赵简子驾起猎车穷追不舍。

这时，东郭先生正站在驮着一大袋书简的毛驴旁边向四处张望。原来，他前往中山国求官，走到这里迷了路。正当他面对岔路犹豫不决的时候，突然蹿出了一只狼。那狼哀怜地对他说："现在有人要杀我，请您让我藏在您的口袋里。如果我能够活命，今后一定会报答您。"

东郭先生看着赵简子的人马卷起的尘烟越来越近，惶恐地说："我隐藏世卿追杀的狼，岂不是要触怒权贵？然而墨家兼爱的宗旨不容我见死不救，那么你就往口袋里躲吧！"

说着，他便拿出书简，腾空口袋，往袋中装狼。他装来装去三次都没有成功。危急之下，狼蜷曲起身躯，把头紧紧地靠在尾巴上，恳求东郭先生先绑好它的四只脚再装。这一次很顺利。东郭先生把装狼的袋子扛到驴背上，就退到路旁去了。

不一会儿，赵简子来到东郭先生跟前，但是没有从他那里打听到狼的去向，因此愤怒地斩断了车辕，并威胁说："谁敢知情不报，下场就跟这车辕一样！"

东郭先生匍匐在地上说："虽说我是个蠢人，但还认得狼。这里的岔道口多，说不定狼往别的岔道逃了。这不，我在这岔道口也不知怎么走了。"赵简子听了这话，掉转车头就走了。

当人唤马嘶的声音远去之后，狼在口袋里说："多谢先生救了我。请放我出来，受我一拜吧！"

可是，狼一出袋子却改口说："刚才幸亏你救我，使我大难不死。现在我饿得要死，不如你好人做到底，让我吃了你吧！"说着它就张牙舞爪地向东郭先生扑去。东郭先生慌忙躲闪，围着毛驴兜圈子与狼周旋起来。

太阳快下山的时候，东郭先生怕天黑遇到狼群，于是对狼说："我们还是按民间的规矩办吧！如果有三位老人说你应该吃我，我就让你吃。"狼高兴地答应了。

但前面没有行人，于是狼逼他去问杏树。老杏树说："种树人只费一颗杏核种我，20 年来他一家人吃我的果实、卖我的果实，享够了财利。尽管我贡献很大，到老了，却要被他卖到木匠铺换钱。你对狼恩德不重，它为什么不能吃你呢？"

狼正要扑向东郭先生，这时正好又看见了一头母牛，于是又逼东郭先生去问牛。那牛说："当初我是被老农用一把刀换来的。他用我拉车、犁田，养活了全家人。现在我老了，他却想杀我，从我的皮肉筋骨中获利。你对狼恩德不重，它为什么不能吃你呢？"狼听了又嚣张起来。

就在这时来了一位拄着藜杖的老人。东郭先生急忙请老人主持公道。老人听了事情的经过，叹息地用藜杖敲着狼说："你不是知道虎狼也讲父子之情吗？为什么还背叛对你有恩德的人呢？"

狼狡辩道："他用绳子捆住我的手脚，用诗书压住我的身子，这不是想把我活活闷死在不透气的口袋里吗？我难道不该吃掉他吗？"

老人说："你们各说各有理，我难以裁决。俗话说'眼见为实'，如果你能让东郭先生再把你往口袋里装一次，我就可以依据他谋害你的事实为你作证，这样你岂不有了吃他的充分理由？"

狼高兴地听从了老人的劝说，然而却没有想到在束手就缚、落入袋中之后，等待它的是老人和东郭先生的利剑。

启　示

　　东郭先生把"兼爱"施于恶狼身上，因而险遭厄难。这则寓言告诉我们，即使在人与人的关系中，也存在"东郭先生"式的问题。一个人应该真心实意地爱他人，但不应该怜惜狼一样的恶人。

井底之蛙

　　有一只青蛙长年住在一口枯井里。可它却对自己生活的小天地十分满意，一有机会就要当众吹嘘一番。

　　有一天，它吃饱了饭，蹲在井栏上正闲得无聊，忽然看见不远处有一只大海龟在散步。青蛙赶紧扯开嗓门喊了起来："喂，海龟兄，请您过来我家玩玩啊！"海龟应声而来。

　　青蛙立刻打开了话匣子："今天让您开开眼界，参观一下我的居室。那简直是一座天堂。你大概从来也没有见过这样宽敞的住所吧？"

　　海龟探头往井里瞅瞅，只见浅浅的井底积了一汪长满绿苔的泥水，还闻到一股扑鼻的臭味。海龟皱了皱眉头，赶紧缩回了脑袋。

　　青蛙根本没有注意海龟的表情，挺着大肚子继续吹嘘："住在这儿，舒服极了！傍晚可以跳到井栏上乘凉；深夜可以钻到井壁的窟窿里睡觉；泡在水里，让水浸着两腋，托住面颊，可以游泳；跳到泥里，让泥盖没脚背，埋住四足，可以打滚。那些跟头虫、螃蟹、蝌蚪什么的，哪一个能比得上我呢！"

　　青蛙唾沫星儿四溅，越说越得意："瞧，这一坑水，这一

口井，都属于我所有，我爱怎么样就怎么样。海龟兄，你不想进来参观参观吗？"

海龟感到盛情难却，便爬向井口，可是左腿还没能全部伸进去，右腿的膝盖就被井栏卡住了。

海龟慢慢地退了回来，问青蛙："你听说过大海没有？"青蛙摇摇头。

海龟说："大海水天茫茫，无边无际。用千里不能形容它的辽阔，用万丈不能表明它的深度。传说很久很久以前，大禹做国君的时候，十年九涝，海水没有加深；商汤统治的年代，八年七旱，海水也不见减少。海是这样大，以至于时间的长

寓言故事

· 229 ·

短、旱涝的变化都不能使它的水量发生明显的变化。青蛙老弟，我就生活在大海中。你看，比起你这一眼枯井、一坑浅水来，哪个天地更开阔，哪个乐趣更大呢？"

青蛙听傻了，瞪着眼睛，半天合不上嘴。

启　示

世界无限广阔，知识永无穷尽。如果把自己看到的一个角落当作整个世界，把自己知道的一点点知识看作人类文化的总和，那就会跟枯井里的青蛙一样，成为孤陋寡闻、夜郎自大和安于现状的可悲角色。这则寓言告诉我们，千万不要因一孔之见便扬扬自得，不要因一得之功便沾沾自喜。

涸辙之鱼

庄子家非常贫穷，常常到了无米下炊的地步。有一次，庄子家又揭不开锅了，一家人眼巴巴地望着他，希望他能弄到一些粮食。庄子无奈之下，只好硬着头皮到监河侯家去借些粮食应急。

监河侯是个悭吝之徒，想从他那里借到粮食可不容易。庄子向他说明来意，没想到监河侯竟然爽快地答应了庄子的请求。但是，他却说道："可以，待我收到租税后，马上借你300两银子。"

庄子听罢，顿时气不打一处来。他想了想，觉得要顺利借到米，非得用计才行。于是，他愤然对监河侯说："我昨天赶路到府上来时，半路突然听到呼救声。环顾四周不见人影，再观察周围，原来是在干涸的车辙里躺着一条鲫鱼。"

监河侯不知道庄子要说什么，不敢接话，只是一言不发地看着庄子。庄子见状，叹了口气接着说道："它见到我，像遇见救星般向我求救。鲫鱼自称是从东海来的，不幸沦落到车辙里，无力自拔，眼看快要干死了。所以请求路人给点水，救救性命。"

监河侯听到这里，完全中了庄子的圈套，他急切地问："那你给它水了吗？"

庄子白了监河侯一眼，冷冷地说："我当然答应了它，并给它承诺我会很快到南方，说服吴王和越王，请他们把西江的水引到它那里去，好把它尽快接回东海老家去！"

监河侯一听急了，忙说："那怎么行，等你把水引过去，鲫鱼早就命归西天了。"

"是啊，鲫鱼听了我的话，也觉得我的办法不可行，说眼下断了水，它就没有安身之处了。现在只需几桶水它就能解困，我说的所谓引水全是空话大话，不等把水引来，它早就成了鱼市上的鱼干啦！"

启　示

远水解不了近渴，这是人们的常识。这篇寓言揭露了监河侯假大方、真吝啬的伪善面目，也讽刺了那些说大话、讲空话、不解决实际问题之人的惯用伎俩。老实人的态度是少说空话，多办实事。